王可樂的日語練功房

初級句型練習寶典

目 錄

第4章　ない形

第5章　辭書形

目 錄

序

王可樂的話

我大概是從 1998 年左右開始學習日文的，當時市面上的相關教材不多，選擇性很少，教材主要都是由「單字」、「句型」、「會話」這 3 大部份所組成，儘管內容還算完整，但由於「練習題目」較不受重視，因此能練習、書寫句子、填空的篇幅頁面並不多。

然而學習語言，除了核心文法的理解和大量單字的背誦外，最重要的就是「練習」了，練習數量愈多愈好，只要基礎有打穩，再加上做大量的練習題，對於助詞、句子的組織結構，一定會有更清楚的認知與理解，這也才能講出一口流利的日文。

20 多年過去了，雖然學習環境變好了，市面上也充斥著各式各樣的教材，但「練習題目」不足的情況並沒有改變，很多學生學了文法記了單字後，沒有可以練習的地方，加上對於文法句型的認知不夠深入，所以學了就忘，完全沒辦法應用，非常可惜。

爲了解決這個問題，我們決定自己製作一本「練習書」，先以初級爲主，針對動詞變化，及相關句型導入大量的練習題目，並將初級課程，對應日文檢定 N4 ～ N5 的所有文法，編成各類型的題目，儘可能地讓學生能邊寫邊思考，藉由本書的練習，學生除了可以加深文法句型的印象外，還能檢視自己對課程學習的成果。

本書收錄的文法練習題非常齊全，完全對應市面上各種版本的初級教材，不管是自學還是跟著老師學習，學生在學完課程後，建議可以使用本書做練習，只要能活用本書，就能製作出「學習 → 練習 → 檢討 → 再學習」的學習流程，這對於語言的精進，能形成最大的幫助。

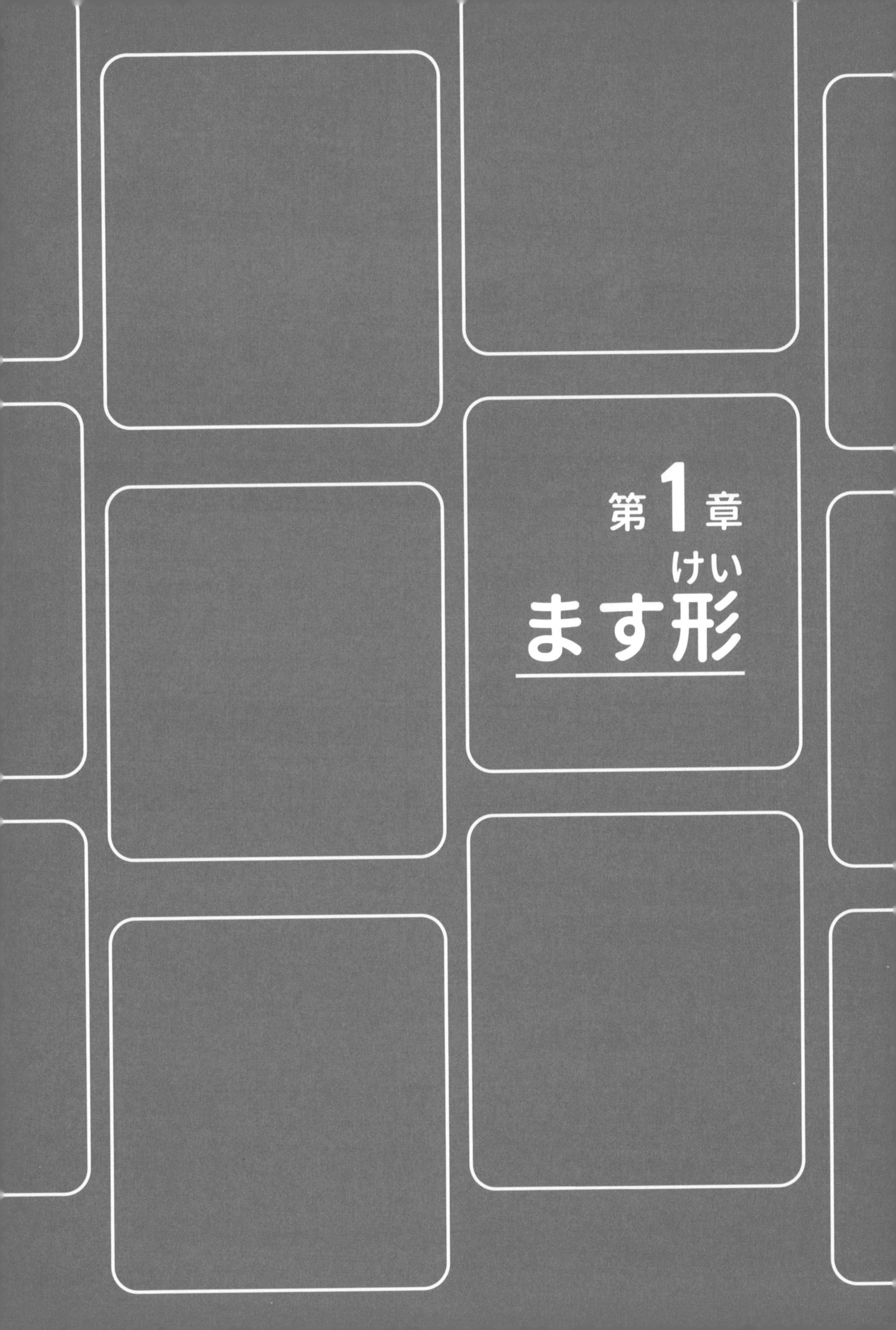

第1章 ます形（けい）

←王可樂老師的詳細導讀

1 肯定、否定、過去式

～ます / ません / ました / ませんでした

非過去		過去	
肯定	否定	肯定	否定
～ます	～ません	～ました	～ませんでした
1）起きます			
2）	寝ません		
3）		働きました	
4）			休みませんでした
5）終わります			

01（上表）

02 例　明日、働きますか。

—　はい、働きます。

—　いいえ、働きません。

1）毎朝6時に起きますか。

—　はい、________

—　いいえ、________

2）毎日勉強しますか。

—　はい、________

—　いいえ、________

3）今日の午後休みますか。
— はい、
— いいえ、

4）明日の試験は昼 12 時に終わりますか。
— はい、
— いいえ、

5）来週働きますか。
— はい、
— いいえ、

03 例 昨日勉強しましたか。
— はい、勉強しました。
— いいえ、勉強しませんでした。

1）おととい働きましたか。
— はい、
— いいえ、

2）昨日の晩寝ましたか。
— はい、
— いいえ、

3）昨日の会議は 4 時に終わりましたか。
— はい、
— いいえ、

4）今朝勉強しましたか。
— はい、
— いいえ、

5）日曜日の午後休みましたか。

— はい、＿＿＿＿＿＿＿＿＿＿＿＿＿＿＿＿＿＿

— いいえ、＿＿＿＿＿＿＿＿＿＿＿＿＿＿＿＿＿

2 邀約的表現

～（ます形）ませんか／～（ます形）ましょう
要不要（一起）～呢？／做～吧！

01 例 食べます → 食べませんか、食べましょう

1）行きます →

2）帰ります →

3）飲みます →

4）撮ります →

5）書きます →

6）吸います →

7）会います →

8）休みます →

9）聞きます →

10）勉強します →

02 例 一緒にお花見をします

→ 一緒にお花見をしませんか。

— ええ、しましょう。

1）一緒にご飯を食べます

→

—

2）一緒(いっしょ)にビールを飲(の)みます

→

—

3）一緒(いっしょ)にたばこを吸(す)います

→

—

4）一緒(いっしょ)に音楽(おんがく)を聞(き)きます

→

—

5）一緒(いっしょ)に雑誌(ざっし)を読(よ)みます

→

—

6）一緒(いっしょ)にテレビを見(み)ます

→

—

7）一緒(いっしょ)に家(うち)へ帰(かえ)ります

→

—

8）ちょっと休(やす)みます

→

—

9）日本語(にほんご)を勉強(べんきょう)します

→

—

3 表示願望

～（ます形）たいです
我想（做）～

01 例 結婚します → 結婚したいです、結婚したくないです

1）遊びます →

2）食べます →

3）飲みます →

4）休みます →

5）撮ります →

6）買います →

7）吸います →

8）帰ります →

9）行きます →

10）見ます →

02 例 彼女・会います

→ 彼女に会いたいです。

1）すき焼き・食べます

→

2）海・友達・泳ぎます

→

3）あの先生・日本語・習います

→ ______

4）父・このネクタイ・あげます

→ ______

5）3日ぐらい・会社・休みます

→ ______

6）有名・レストラン・食事します

→ ______

03 例　どこへ行きますか（日本）

→ どこへ行きたいですか。

— 日本へ行きたいです。

1）誰に会いますか（彼）

→ ______

— ______

2）いつ国へ帰りますか（来年）

→ ______

— ______

3）どのくらい休みますか（1か月）

→ ______

— ______

4）何を飲みますか（お茶）

→ ______

— ______

5）何をしますか（買い物します）

→ ＿＿＿＿＿＿＿＿＿＿＿＿＿＿＿＿＿＿＿＿

— ＿＿＿＿＿＿＿＿＿＿＿＿＿＿＿＿＿＿＿＿

表示前往某處的目的
～（ます形／名詞）に行きます／来ます／帰ります
去／來／回　做～動作

01

例１　迎えます　→　迎えに行きます

１）習います　→ ______

２）送ります　→ ______

３）遊びます　→ ______

４）食べます　→ ______

５）会います　→ ______

６）見ます　→ ______

７）泳ぎます　→ ______

例２　勉強します　→　勉強に行きます

８）食事します　→ ______

９）お花見をします　→ ______

１０）買い物します　→ ______

02

例　公園へ行きました・遊びました

→　公園へ遊びに行きました。

１）先月国へ帰りました・家族に会いました

→ ______

2）明日空港へ行きます・友達を迎えます

→ ____________________

3）毎日学校へ来ます・勉強します

→ ____________________

4）昨日家族とあのレストランへ行きました・食事しました

→ ____________________

5）日本へ行きたいです・お花見をします

→ ____________________

03 例 誰・映画を見ます（彼）

→ 誰と映画を見に行きますか。

— 彼と見に行きます。

1）何・買いますか（テレビ）

→ ____________________

— ____________________

2）誰・会います（友達）

→ ____________________

— ____________________

3）いつ・旅行しました（去年の 12 月）

→ ____________________

— ____________________

4）どこ・遊びます（友達の家）

→ ____________________

— ____________________

5）どこ・遊び（あそ）たいです（東京（とうきょう））

→ ______________________________

— ______________________________

6）北海道（ほっかいどう）・何（なに）・します（スキーをします）

→ ______________________________

— ______________________________

5 表示協助他人的意願

～（ます形）ましょうか
我來～吧

01 例 持ちます → 持ちましょうか

1）手伝います → ______

2）開けます → ______

3）貸します → ______

4）つけます → ______

5）取ります → ______

6）迎えに行きます → ______

7）閉めます → ______

8）見せます → ______

9）書きます → ______

10）来ます → ______

02 例 棚の上の物を取ります

→ 棚の上の物を取りましょうか。

1）大きい荷物を持ちます

→ ______

2）消しゴムを貸します

→ ______

3）地図(ちず)を見(み)せます

→

4）窓(まど)を閉(し)めます

→

5）空港(くうこう)まで迎(むか)えに行(い)きます

→

6）電話番号(でんわばんごう)を書(か)きます

→

表示動作同時進行
～（ます形(けい)）ながら、…
一邊～，一邊…

01 例(れい)　食(た)べます　→　食(た)べながら

1）働(はたら)きます　→ ______

2）踊(おど)ります　→ ______

3）通(かよ)います　→ ______

4）遊(あそ)びます　→ ______

5）読(よ)みます　→ ______

6）かみます　→ ______

7）考(かんが)えます　→ ______

8）見(み)ます　→ ______

9）掃除(そうじ)します　→ ______

10）散歩(さんぽ)します　→ ______

02 例(れい)　テレビを見(み)ます・ご飯(はん)を食(た)べます

→　テレビを見(み)ながら、ご飯(はん)を食(た)べます。

1）歌(うた)を歌(うた)います・シャワーを浴(あ)びます

→ ______

2）メモを見(み)ます・資料(しりょう)を作(つく)ります

→ ______

3）写真を見ます・先生の話を聞きます

→ ______

4）高校で英語を教えます・大学で研究しています

→ ______

5）学校で英語を習います・家で日本語も勉強しています

→ ______

6）ボランティアをします・いろいろな国を旅行しました

→ ______

03 例　（弾きます・歌えます）

→ わたしはピアノを弾きながら歌が歌えます。

1）（かきます・踊れます）

→ ______

2）（話します・読めます）

→ ______

3）（寝ます・覚えられます）

→ ______

4）（踊ります・料理ができます）

→ ______

形容眼前的徵兆

～（ます形（けい））そうです

1. 徵兆：預測看起來快要～

01 例（れい） 消（き）えます → 消（き）えそうです

1）落（お）ちます → ＿＿＿＿

2）変（か）わります → ＿＿＿＿

3）やみます → ＿＿＿＿

4）なくなります → ＿＿＿＿

5）降（ふ）ります → ＿＿＿＿

6）取（と）れます → ＿＿＿＿

7）折（お）れます → ＿＿＿＿

8）切（き）れます → ＿＿＿＿

9）破（やぶ）れます → ＿＿＿＿

10）倒（たお）れます → ＿＿＿＿

02

例　（消えます）→　火が消えそうです。

1）　（落ちます）→ ____________________

2）　（破れます）→ ____________________

3）　（取れます）→ ____________________

4）　（降ります）→ ____________________

5）　（倒れます）→ ____________________

6）　（切れます）→ ____________________

03 例　ズボンが破れます

→　ズボンが破れそうなので、（　A　）。

1）信号が赤に変わります

→ ＿＿＿＿＿＿＿＿＿＿、（　　）。

2）暗くなりましたね。雨が降ります

→ ＿＿＿＿＿＿＿＿＿＿、（　　）。

3）あの電気、消えます

→ ＿＿＿＿＿＿＿＿＿＿、（　　）。

4）荷物が落ちます

→ ＿＿＿＿＿＿＿＿＿＿、（　　）。

5）枝が折れます

→ ＿＿＿＿＿＿＿＿＿＿、（　　）。

6）ボタンがとれます

→ ＿＿＿＿＿＿＿＿＿＿、（　　）。

選択肢

~~A　母に直してもらいます~~
B　傘を持って行きましょう
C　棚の上のものを整理してもらえませんか
D　付け方を教えてもらえませんか
E　急いでください
F　あの木の下へ行かないほうがいいですよ
G　新しいのを買いに行かなければなりません

8 預測事情的可能性

～（ます形）そうです

2. 可能性：可能會～

01 例 増えます → 増えそうです

1）減ります →

2）上がります →

3）下がります →

4）咲きます →

5）なります →

6）続きます →

7）終わります →

8）かかります →

02 例 駅まで歩いたら１時間かかります

→ 駅まで歩いたら１時間かかりそうです。

1）今年の夏は暑いのでビールがよく売れます

→

2）来週台風が来ます

→

3）来年も電気代が上がります

→ ＿＿＿＿＿＿＿＿＿＿

4）来月は夏休みですから、遊園地は人が増えます

→ ＿＿＿＿＿＿＿＿＿＿

5）今年は寒いので、ここでも雪が降ります

→ ＿＿＿＿＿＿＿＿＿＿

6）これからはだんだん物価が高くなります

→ ＿＿＿＿＿＿＿＿＿＿

9 形容外觀

～（形容詞（けいようし））そうです

3. 外觀：看起來好像～

例（れい）　おいしい　→　おいしそうです

1）寂（さび）しい　→　＿＿＿＿

2）まずい　→　＿＿＿＿

3）つまらない　→　＿＿＿＿

4）いい　→　＿＿＿＿

例（れい）　暇（ひま）　→　暇（ひま）そうです

5）簡単（かんたん）　→　＿＿＿＿

6）幸（しあわ）せ　→　＿＿＿＿

7）楽（らく）　→　＿＿＿＿

8）便利（べんり）　→　＿＿＿＿

02　例（れい）　このお寺（てら）は古（ふる）いです

→　このお寺（てら）は古（ふる）そうです。

1）あの人（ひと）は嬉（うれ）しいです

→　＿＿＿＿

2）この本(ほん)は難(むずか)しいです

→ ＿＿＿＿＿＿＿＿＿＿＿＿＿＿＿＿＿＿＿＿

3）あの会社(かいしゃ)の仕事(しごと)はいいです

→ ＿＿＿＿＿＿＿＿＿＿＿＿＿＿＿＿＿＿＿＿

4）この問題(もんだい)は簡単(かんたん)です

→ ＿＿＿＿＿＿＿＿＿＿＿＿＿＿＿＿＿＿＿＿

5）あの２人(ふたり)は幸(しあわ)せです

→ ＿＿＿＿＿＿＿＿＿＿＿＿＿＿＿＿＿＿＿＿

6）この仕事(しごと)は楽(らく)です

→ ＿＿＿＿＿＿＿＿＿＿＿＿＿＿＿＿＿＿＿＿

10 表示程度

～（ます形／形容詞）すぎます
太過於～

01 例 笑います → 笑いすぎます

1）歌います →

2）使います →

3）飲みます →

4）泣きます →

5）疲れます →

6）入れます →

7）食べます →

8）休みます →

9）勉強します →

10）持ってきます →

02

例(れい)　（食(た)べます）→ 肉(にく)を食(た)べすぎました。

1）（笑(わら)います）→ ____________________

2）（使(つか)います）→ ____________________

3）（休(やす)みます）→ ____________________

4）（飲(の)みます）→ ____________________

5）（作(つく)ります）→ ____________________

6）（勉強(べんきょう)します）→ ____________________

03 例（れい） 古（ふる）い~~です~~ → 古（ふる）すぎます

1）うるさい~~です~~ → ______

2）寂（さび）しい~~です~~ → ______

3）重（おも）い~~です~~ → ______

4）難（むずか）しい~~です~~ → ______

例（れい）2 複雑（ふくざつ） → 複雑（ふくざつ）すぎます

5）簡単（かんたん） → ______

6）危険（きけん） → ______

7）大変（たいへん） → ______

8）下手（へた） → ______

04 例　（小さい）→ このテレビは小さすぎます。

1）（複雑）→ ______________________

2）（つまらない）→ ______________________

3）（多い）→ ______________________

4）（難しい）→ ______________________

5）（うるさい）→ ______________________

6）（暑い）→ ______________________

05 例　たくさん飲みますね。あまり（　飲みすぎ　）ないほうがいいですよ。

1）いつも疲れた顔をしていますね。
（　　　　　　）と、病気になってしまいますよ。

2）あ！このコーヒー、（　　　　　　）て、飲めません。

3）お風呂に入る時間が（　　　　　　）と、体によくないかもしれません。

4）あの指輪は買いませんでした。値段が（　　　　　　）んです。

5）旅行のとき、お土産を（　　　　　　）ので、持って帰るのが大変でした。

6）あのパソコンは（　　　　　　）ので、
父はあまり好きじゃないと言っていました。

選択肢　~~飲みます~~　高い　働きます　長い　小さい　買いました　熱い

11 表示難易度

～（ます形）やすいです／にくいです

1. 容易～ / 難以～

01 例 飲みます → 飲みやすい、飲みにくい

1）わかります →

2）住みます →

3）使います →

4）書きます →

5）出します →

6）覚えます →

7）寝ます →

8）着ます →

9）運転します →

10）来ます →

02 例）→ この靴は歩きやすいです。/ この靴は歩きにくいです。

1）→ この＿＿＿＿＿＿。/ この＿＿＿＿＿＿。

2）→ 新しい＿＿＿＿＿＿。/ 古い＿＿＿＿＿＿。

3）→ この漢字＿＿＿＿＿＿。/ この外来語＿＿＿＿＿＿。

03 例 先生の話は ＿＿簡単で＿＿、＿＿わかりやすいです＿＿。

例 今月は ＿＿忙しくて＿＿、＿＿休みをとりにくいです＿＿。

1）田舎は物価が ＿＿＿＿＿＿＿＿、＿＿＿＿＿＿＿＿。

2）今日は波が ＿＿＿＿＿＿＿＿、＿＿＿＿＿＿＿＿。

3）このケータイは ＿＿＿＿＿＿＿＿、＿＿＿＿＿＿＿＿。

4）この道は ＿＿＿＿＿＿＿＿、＿＿＿＿＿＿＿＿。

5）この自転車は ＿＿＿＿＿＿＿＿、＿＿＿＿＿＿＿＿。

6）この単語は ＿＿＿＿＿＿＿＿、＿＿＿＿＿＿＿＿。

選択肢 ~~簡単~~ ~~忙しい~~ 高い 安い 小さすぎる 簡単 広い 軽い
~~わかります~~ ~~休みをとります~~ 住みます 覚えます
運びます 使います 運転します 泳ぎます

12 表示發生機率

～（ます形）やすいです／にくいです
2. 經常～／不常～

01 例 起きます → 起きやすい、起きにくい

1）変わります →

2）降ります →

3）なくします →

4）滑ります →

5）なります →

6）乾きます →

7）割れます →

8）起きます →

9）します →

10）来ます →

02

例　昨日は雨が降っていたので、洗濯物が　乾きにくかったです。
→　今日は晴れているので、　乾きやすいです。

1）このガラスは丈夫なので、＿＿＿＿＿＿＿＿。
→　教室の窓ガラスは薄くて、＿＿＿＿＿＿＿＿

2）北海道は＿＿＿＿＿＿＿＿。
→　大阪は＿＿＿＿＿＿＿＿

3）今日は暑いのでお弁当が＿＿＿＿＿＿＿＿。
→　冷蔵庫に入れておいたら＿＿＿＿＿＿＿＿

4）雪が多い日は道が＿＿＿＿＿＿＿＿。
→　今日は雪が少ないので、＿＿＿＿＿＿＿＿

5）かぜは＿＿＿＿＿＿＿＿。
→　この病気は＿＿＿＿＿＿＿＿

13 尊敬語公式 1
お～（ます形）になります
別人做～（尊敬語）

01 例 出かけます → お出かけになります

1）買います →

2）乗ります →

3）作ります →

4）読みます →

5）話します →

6）書きます →

7）決めます →

8）疲れます →

9）やめます →

10）答えます →

02 例 先生はもう帰りました
→ 先生はもうお帰りになりました。

1）社長は 11 時ごろ出かけます
→

2）何時に事務所に戻りますか
→

3）山田さんがロビーで待っています

→

4）いつ田中部長に会いましたか

→

5）出張のとき、どこに泊まりますか

→

6）先生の奥様は2時ごろ帰りました

→

7）社長は今、新しい製品の名前を考えています

→

8）山下さんは大阪支社の場所がわかりますか

→

14 尊敬語公式 2

お / ご～（ます形）ください
請～（要求別人做～）（尊敬語）

01 例 書きます → お書きください

1）履きます →

2）入ります →

3）待ちます →

4）約束します →

5）電話します →

例 利用します → ご利用ください

6）安心します →

7）注意します →

8）予約します →

9）用意します →

10）出発します →

02 例　今日はもう遅いですから、
　　こちらのホテルにお泊まりください。

1）お客様、お席の準備ができました。

____

2）整理券を配りますので、

____

3）ぜひ、3日前までに

____

4）1階のお手洗いは故障中ですから、

____

5）申し訳ありません。社長に呼ばれましたので、

____

選択肢
~~こちらのホテルに泊まってください~~
席を予約してください
こちらで少々待ってください
中に入ってください
こちらに並んでください
こちらを使ってください

15 謙譲語公式
お / ご～（ます形）します
我做～（謙虛語）

01 例　送ります　→　お送りします

1）貸します　→

2）手伝います　→

3）持ちます　→

4）約束します　→

5）電話します　→

例2　用意します　→　ご用意します

6）紹介します　→

7）案内します　→

8）連絡します　→

9）招待します　→

10）説明します　→

02 例 私(わたくし)が書(か)き方(かた)を伝(つた)えます

→ 私(わたくし)が書(か)き方(かた)をお伝(つた)えします。

1）私(わたくし)が傘(かさ)を貸(か)します

→ ＿＿＿＿＿＿＿＿

2）私(わたくし)が荷物(にもつ)を取(と)ります

→ ＿＿＿＿＿＿＿＿

3）私(わたくし)が写真(しゃしん)を撮(と)ります

→ ＿＿＿＿＿＿＿＿

4）資料(しりょう)は明日(あした)までにメールで送(おく)ります

→ ＿＿＿＿＿＿＿＿

5）これから午後(ごご)の予定(よてい)を知(し)らせます

→ ＿＿＿＿＿＿＿＿

6）新(あたら)しい製品(せいひん)について説明(せつめい)します

→ ＿＿＿＿＿＿＿＿

7）次(つぎ)のパーティーに招待(しょうたい)します

→ ＿＿＿＿＿＿＿＿

8）明日(あした)、工場(こうじょう)の中(なか)を案内(あんない)します

→ ＿＿＿＿＿＿＿＿

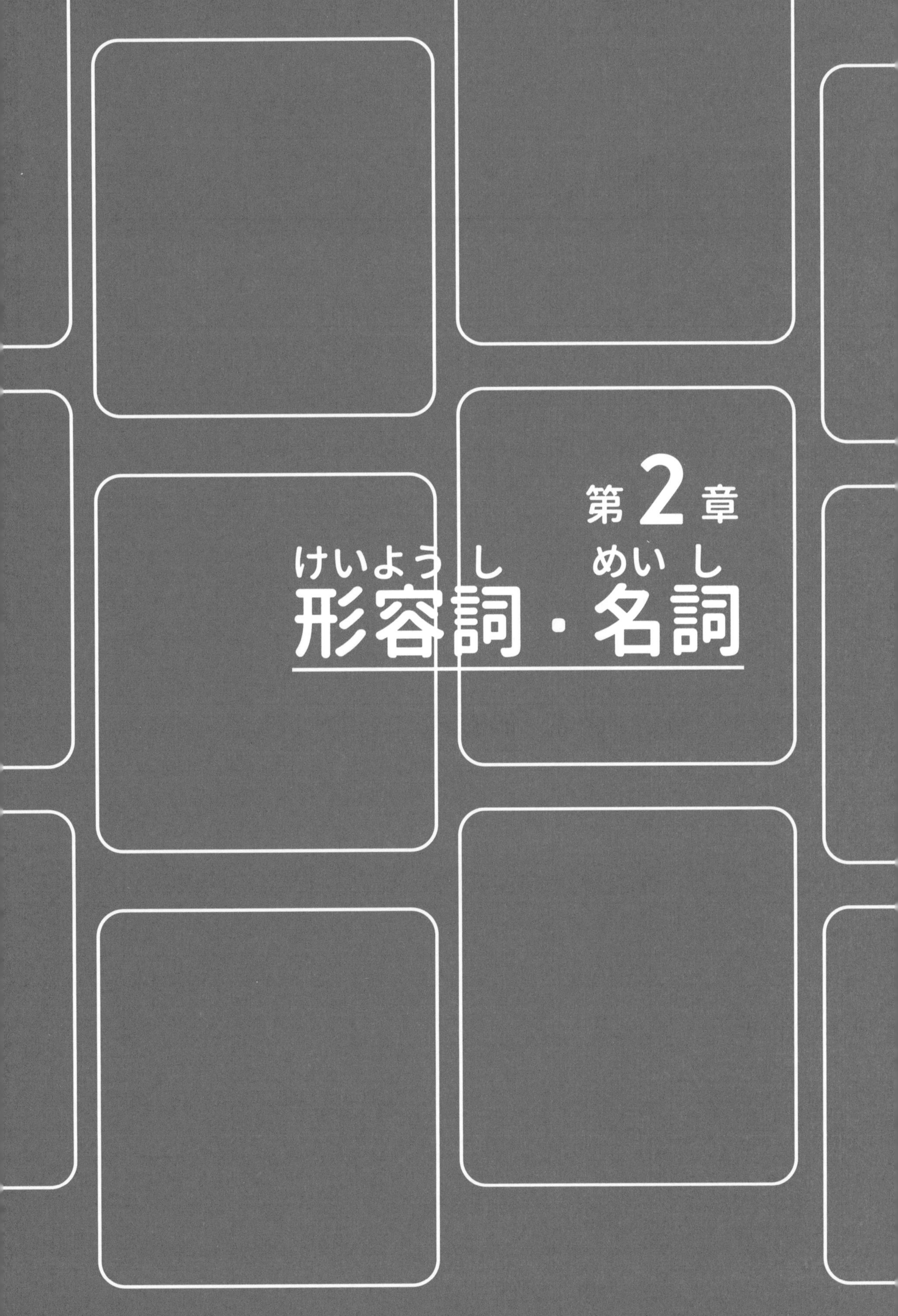

第2章

形容詞(けいようし)・名詞(めいし)

←王可樂老師的詳細導讀

1 反義詞

01 例 暇 ⇔ （ 忙しい ）

1）大きい ⇔ （　　　）

2）新しい ⇔ （　　　）

3）いい ⇔ （　　　）

4）暑い ⇔ （　　　）

5）静か ⇔ （　　　）

6）熱い ⇔ （　　　）

7）難しい ⇔ （　　　）

8）低い ⇔ （　　　）

9）安い ⇔ （　　　）

2 肯定・否定・過去式

	非過去		過去	
	肯定	否定	肯定	否定
い形容詞	例 大きいです	大きくないです	大きかったです	大きくなかったです
	1）小さいです			
	2）おもしろいです			
	3）古いです			
	4）新しいです			
	5）悪いです			

	6）いいです			
	7）暑(あつ)いです			
	8）寒(さむ)いです			
な形容詞(けいようし)	例(れい) 静(しず)かです	静(しず)かじゃありません	静(しず)かでした	静(しず)かじゃありませんでした
	9）きれいです			
	10）ハンサムです			
	11）便利(べんり)です			
	12）簡単(かんたん)です			
	13）元気(げんき)です			
	14）親切(しんせつ)です			
名詞(めいし)	例(れい) 学生(がくせい)です	学生(がくせい)じゃありません	学生(がくせい)でした	学生(がくせい)じゃありませんでした
	15）雨(あめ)です			
	16）仕事(しごと)です			

3 説明句

例 北海道は今、寒いですか。
— はい、寒いです。

例 沖縄は今、暑いですか。
— いいえ、暑くないです。

1）勉強は難しいですか。
— いいえ、＿＿＿＿＿＿＿＿

2）日本語はおもしろいですか。
— はい、＿＿＿＿＿＿＿＿

3）彼はハンサムですか。
— いいえ、あまり＿＿＿＿＿＿＿＿

4）仕事は忙しいですか。
— はい、とても＿＿＿＿＿＿＿＿

5）そのパンはおいしいですか。
— いいえ、あまり＿＿＿＿＿＿＿＿

6）この本は易しいですか。
— はい、とても＿＿＿＿＿＿＿＿

連體修飾

例　奈良は（　静かな　）町です。

1）桜は（　　　　　　）花です。

2）これはとても（　　　　　　）ケータイです。

3）ゆきさんは（　　　　　　）先生です。

4）富士山は（　　　　　　）山です。

5）インドは（　　　　　　）国です。

選択肢　~~静か~~　おもしろい　高い　きれい　暑い　便利

5 形容詞的て形（並列）

01 例 暑い → 暑くて　　例 にぎやか → にぎやかで

1）寒い → ＿＿＿＿
2）やさしい → ＿＿＿＿
3）高い → ＿＿＿＿
4）明るい → ＿＿＿＿
5）広い → ＿＿＿＿
6）甘い → ＿＿＿＿
7）おいしい → ＿＿＿＿
8）安い → ＿＿＿＿
9）忙しい → ＿＿＿＿
10）いい → ＿＿＿＿

1）静か → ＿＿＿＿
2）きれい → ＿＿＿＿
3）便利 → ＿＿＿＿
4）親切 → ＿＿＿＿
5）暇 → ＿＿＿＿
6）上手 → ＿＿＿＿
7）下手 → ＿＿＿＿
8）簡単 → ＿＿＿＿
9）好き → ＿＿＿＿
10）大変 → ＿＿＿＿

02 例 この店の料理は安いです。おいしいです。
→ この店の料理は安くて、おいしいです。

1）彼は頭がいいです。背が高いです。
→ ＿＿＿＿＿＿＿＿

2）この家は安いです。広いです。
→ ＿＿＿＿＿＿＿＿

3）この町はにぎやかです。便利です。
→ ＿＿＿＿＿＿＿＿

4）この料理(りょうり)は甘(あま)いです。おいしいです。

→ ______

5）彼女(かのじょ)は親切(しんせつ)です。きれいです。

→ ______

6 表示變化

（形容詞／名詞）なりました
轉為、變成～

01 例 寒い → 寒くなりました

1）おもしろい → ＿＿＿＿

2）高い → ＿＿＿＿

3）易しい → ＿＿＿＿

4）眠い → ＿＿＿＿

例 有名 → 有名になりました

5）静か → ＿＿＿＿

6）元気 → ＿＿＿＿

7）大変 → ＿＿＿＿

例 学生 → 学生になりました

8）8月 → ＿＿＿＿

9）部長 → ＿＿＿＿

10）休み → ＿＿＿＿

02 例 ＿＿涼しくなりました＿＿から、エアコンを消しましょう。

1）＿＿＿＿＿＿＿＿＿＿＿＿から、はやく切りに行きたいです。

2）＿＿＿＿＿＿＿＿＿＿＿＿から、来週新しいのを買いに行きます。

3）朝は寒かったですが、昼からだんだん＿＿＿＿＿＿＿＿＿＿＿＿。

4）今、午後５時ですが、外はもう＿＿＿＿＿＿＿＿＿＿＿＿。

5）＿＿＿＿＿＿＿＿＿＿＿＿から、毎日薬を飲まなければなりません。

6）たくさん勉強しましたから、日本語が＿＿＿＿＿＿＿＿＿＿＿＿。

7）＿＿＿＿＿＿＿＿＿＿＿＿から、お酒を飲むことができます。

選択肢 ~~涼しい~~　服が小さいです　暗いです　上手です
暑いです　病気です　20歳です　髪が長いです

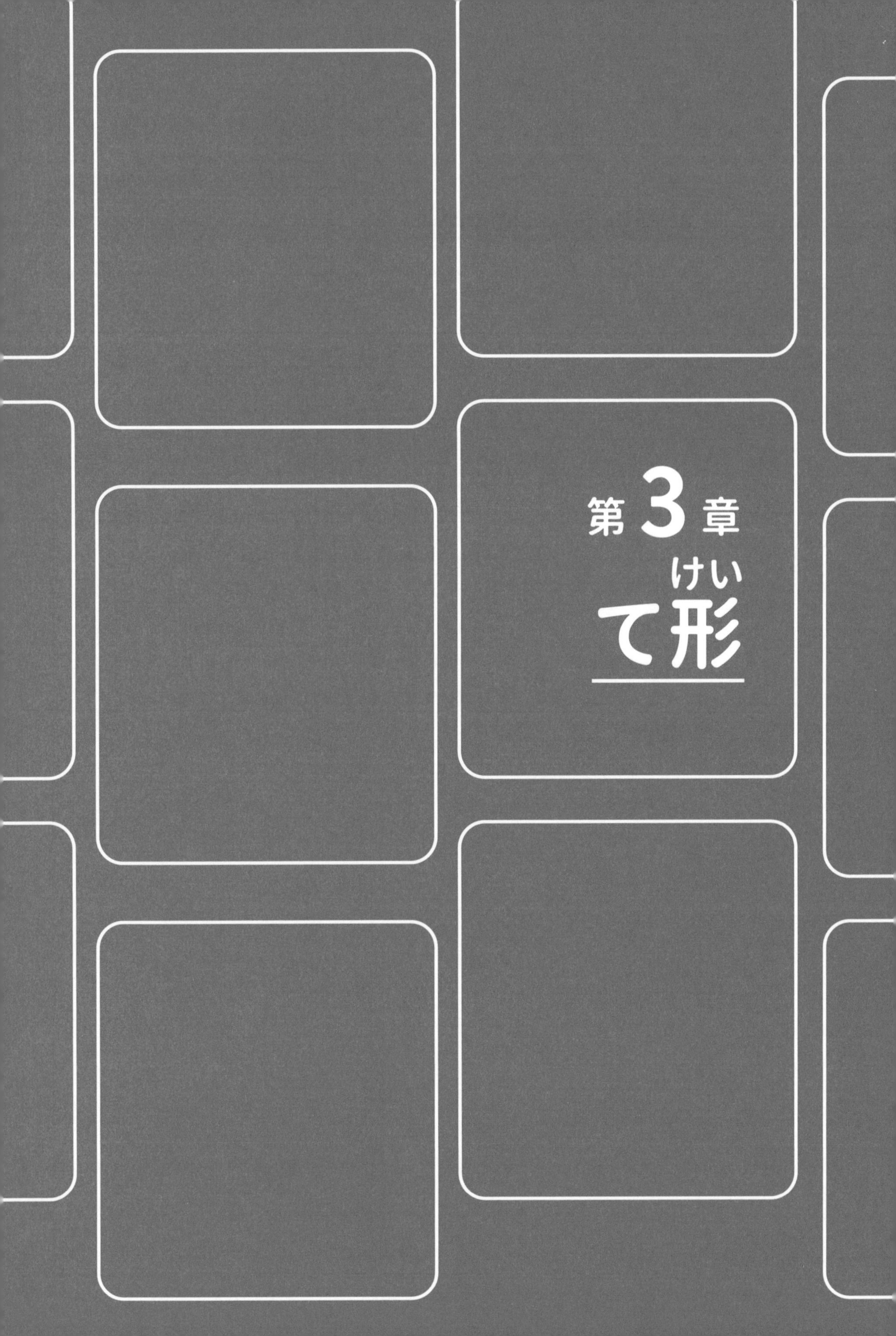

第3章

て形(けい)

←王可樂老師的詳細導讀

1 三種動詞的分類方式

Ｉグループ（い段音 + ます）
IIグループ（え段音 + ます　※例外：見ます、います、借ります、起きます、浴びます、着ます、…）
IIIグループ（します、名詞 + します、来ます）

働きます、起きます、寝ます、撮ります、行きます、勉強します、着ます、コピーします、食べます、待ちます、飲みます、見ます、読みます、書きます、始めます、買います、します、見せます、貸します、借ります、わかります、来ます、あります、持ちます、います、止めます、遊びます、泳ぎます、話します、買い物します、出ます、呼びます、教えます、手伝います、作ります、開けます、つけます、消します、閉めます、急ぎます

Ｉグループ	IIグループ	IIIグループ

2 三種動詞的て形(けい)變化

I グループ（い段音(だんおん)＋ます）

い・ち・り → って：

会(あ)います → 会(あ)って　待(ま)ちます → 待(ま)って　終(お)わります → 終(お)わって

み・び・に → んで：

休(やす)みます → 休(やす)んで　遊(あそ)びます → 遊(あそ)んで　死(し)にます → 死(し)んで

し → して：

話(はな)します → 話(はな)して

き → いて：

書(か)きます → 書(か)いて　※例外(れいがい)：行(い)きます → 行(い)って

ぎ → いで：

泳(およ)ぎます → 泳(およ)いで

II グループ（え段音(だんおん)＋ます）

ます → て　食(た)べます → 食(た)べて

III グループ

します → して
来(き)ます → 来(き)て

	い段音		え段音		
あ	い	う	え	お	
か	き	く	け	こ	
さ	し	す	せ	そ	
た	ち	つ	て	と	
な	に	ぬ	ね	の	
は	ひ	ふ	へ	ほ	
ま	み	む	め	も	
や		ゆ		よ	
ら	り	る	れ	ろ	
わ				を	ん

	ます	て形
I	例　休みます	休んで
	1）吸います	
	2）買います	
	3）もらいます	
	4）使います	
	5）歌います	
	6）持ちます	
	7）帰ります	
	8）撮ります	
	9）入ります	
	10）作ります	
	11）遊びます	
	12）呼びます	
	13）飲みます	
	14）泳ぎます	
	15）書きます	
	16）行きます	
	17）消します	
	18）話します	
	19）貸します	

II	20）寝（ね）ます	
	21）食（た）べます	
	22）教（おし）えます	
	23）かけます	
	24）見（み）せます	
	25）止（と）めます	
	26）覚（おぼ）えます	
	27）あげます	
	28）起（お）きます	
	29）見（み）ます	
	30）借（か）ります	
	31）います	
III	32）します	
	33）運転（うんてん）します	
	34）来（き）ます	

3 ～（て形）ください
1（拜託） 請～

例 すみませんが、写真を撮ります
→ すみませんが、写真を撮ってください。

1）すみませんが、消しゴムを貸します
→

2）すみませんが、ちょっと手伝います
→

3）すみませんが、荷物を持ちます
→

4）すみませんが、それを取ります
→

～（て形）ください
2（指示、命令） 請～

1）少し待ちます
→

2）もう11時ですよ。早く起きます

→ ______

3）明日10時に来ます

→ ______

4）パスポートを見せます

→ ______

～（て形）ください
3（推薦）　請～

1）どうぞたくさん飲みます

→ ______

2）どうぞこの本を読みます

→ ______

3）どうぞここに座ります

→ ______

4）どうぞ中に入ります

→ ______

4 現在進行式

～（て形（けい））います

正在～

01 例（れい）　食（た）べます　→　食（た）べています

1）使（つか）います　→ ________

2）飲（の）みます　→ ________

3）読（よ）みます　→ ________

4）泳（およ）ぎます　→ ________

5）手伝（てつだ）います　→ ________

6）寝（ね）ます　→ ________

7）教（おし）えます　→ ________

8）見（み）ます　→ ________

9）します　→ ________

10）散歩（さんぽ）します　→ ________

02 例（れい）　本（ほん）を読（よ）みます

→　本（ほん）を読（よ）んでいます。

1）テレビを見（み）ます

→ ________

2）たばこを吸（す）います

→ ________

3）晩(ばん)ごはんを食(た)べます

→ ______________________________

4）新聞(しんぶん)を読(よ)みます

→ ______________________________

5）友達(ともだち)と遊(あそ)びます

→ ______________________________

6）雨(あめ)が降(ふ)ります

→ ______________________________

7）彼(かれ)を待(ま)ちます

→ ______________________________

8）プールで泳(およ)ぎます

→ ______________________________

9）音楽(おんがく)を聞(き)きます

→ ______________________________

１０）手紙(てがみ)を書(か)きます

→ ______________________________

03 例　田中さんは何をしていますか。

ー　<u>音楽を聞いています。</u>

1）吉田さんは誰と話していますか。（佐藤さん）

ー　＿＿＿＿＿＿＿＿＿＿＿＿＿＿＿＿

2）高橋さんは何を書いていますか。（花の絵）

ー　＿＿＿＿＿＿＿＿＿＿＿＿＿＿＿＿

3）伊藤さんはどこで遊んでいますか。（木の下）

ー　＿＿＿＿＿＿＿＿＿＿＿＿＿＿＿＿

4）山本さんは何をしていますか。（新聞を読みます）

ー　＿＿＿＿＿＿＿＿＿＿＿＿＿＿＿＿

5）山田さんは何をしていますか。（電話をかけます）

ー　＿＿＿＿＿＿＿＿＿＿＿＿＿＿＿＿

6）木村さんは何をしていますか。（ご飯を食べます）

ー　＿＿＿＿＿＿＿＿＿＿＿＿＿＿＿＿

5 動作結果状態
～（て形）います

01 例 履きます → 履いています

1）知ります →

2）座ります →

3）持ちます →

4）住みます →

5）立ちます →

6）かぶります →

7）着ます →

8）します →

9）結婚します →

02 例 田中さん・黒い・シャツ・着ます

→ 田中さんは黒いシャツを着ています。

1）伊藤さん・教室・いちばん前・座ります

→

2）佐々木さん・緑・めがね・かけます

→

3）高橋さん・白い・ズボン・はきます

→

4）先生（せんせい）・あそこ・立（た）ちます

→ ______________________________

03 例（れい）　王（おう）さん・車（くるま）・持（も）ちます（はい）

→ 王（おう）さんは車（くるま）を持（も）っていますか。

ー はい、持（も）っています。

1）この漢字（かんじ）・知（し）ります（はい）

→ ______________________________

ー ______________________________

2）大阪（おおさか）・住（す）みます（いいえ・京都（きょうと））

→ ______________________________

ー ______________________________

3）結婚（けっこん）します（はい）

→ ______________________________

ー ______________________________

4）吉田（よしだ）さん・家（うち）・行（い）き方（かた）・知（し）ります（いいえ）

→ ______________________________

ー ______________________________

6 反覆動作
～（て形）います

01 例 働きます → 働いています

1）売ります →

2）作ります →

3）習います →

4）教えます →

5）勉強します →

6）研究します →

02 例 王さん・大学・経済・教えます

→ 王さんはこの大学で経済を教えています。

1）わたし・車・会社・働きます

→

2）あの店・おいしい・パン・売ります

→

3）田中さん・王さん・中国語・習います

→

4）ABC・何・作ります　―　新しい・コンピューターソフト・作ります

→

―

5）このお酒（さけ）・どこ・売（う）ります　－　沖縄（おきなわ）・店（みせ）・売（う）ります

→ ______________________________

－ ______________________________

____

要進行的動作尚未進行

～（て形（けい））いません

還沒～

01 例（れい） 食（た）べます → 食（た）べていません

1）使（つか）います → ____________

2）走（はし）ります → ____________

3）飛（と）びます → ____________

4）話（はな）します → ____________

5）帰（かえ）ります → ____________

6）まとめる → ____________

7）見（み）つける → ____________

8）考（かんが）える → ____________

9）準備（じゅんび）します → ____________

10）来（き）ます → ____________

02 例（れい） 朝（あさ）ご飯（はん）はもう食（た）べましたか。

→ いいえ、まだ食（た）べていません。

1）資料（しりょう）はもう受（う）け取（と）りましたか。

→ ____________

2）スピーチの内容（ないよう）はもう考（かんが）えましたか。

→ ____________

3）飛行機のチケットはもう予約しましたか。

→ ______________________________

4）部屋はもう片付けましたか。

→ ______________________________

5）彼はもう帰りましたか。

→ ______________________________

6）メールはもう送りましたか。

→ ______________________________

7）荷物はもう届きましたか。

→ ______________________________

8）田中さんはもう東京に着きましたか。

→ ______________________________

要求許可、表示許可
～（て形）もいいですか
可以～嗎？

01 例 食べます → 食べてもいいですか

1）休みます → ＿＿＿＿

2）座ります → ＿＿＿＿

3）聞きます → ＿＿＿＿

4）飲みます → ＿＿＿＿

5）入ります → ＿＿＿＿

6）借ります → ＿＿＿＿

7）止めます → ＿＿＿＿

8）つけます → ＿＿＿＿

9）コピーします → ＿＿＿＿

10）来ます → ＿＿＿＿

02 例 コピーします　（　ええ　）

→ コピーしてもいいですか。

— ええ、どうぞ。

例 たばこを吸います　（　すみません・外　）

→ たばこを吸ってもいいですか。

— すみません、ちょっと……。外で吸ってください。

1）ペンを借(か)ります　（　ええ　）

→

—

2）車(くるま)を止(と)めます　（　すみません・あそこ　）

→

—

3）ここで友達(ともだち)を待(ま)ちます　（　ええ　）

→

—

4）エアコンをつけます　（　すみません・窓(まど)・開(あ)けます　）

→

—

5）ドアを閉(し)めます　（　ええ　）

→

—

6）ここに座(すわ)ります　（　すみません・あの椅子(いす)　）

→

—

表示禁止

～（て形（けい））はいけません
不行～

01 例（れい） 聞（き）きます → 聞（き）いてはいけません

1）取（と）ります → ______

2）入（はい）ります → ______

3）置（お）きます → ______

4）話（はな）します → ______

5）付（つ）けます → ______

6）開（あ）けます → ______

7）止（と）めます → ______

8）します → ______

9）散歩（さんぽ）します → ______

10）来（き）ます → ______

02 例（れい） ここ・車（くるま）を止（と）めます

→ ここに車（くるま）を止（と）めてはいけません。

1）あの椅子（いす）・座（すわ）ります

→ ______

2）ここ・写真（しゃしん）・撮（と）ります

→ ______

3）あの部屋（へや）・入（はい）ります

→ ______

4）教室（きょうしつ）の中（なか）・たばこ・吸（す）います

→ ______

5）この棚（たな）・荷物（にもつ）・置（お）きます

→ ______

6）図書館（としょかん）・食（た）べ物（もの）・食（た）べます

→ ______

動作先後１：不強調順序

～（て形）、…
先做～，然後做…

01 例 日曜日は宿題をします → テレビを見ます

→ 日曜日は宿題をして、テレビを見ます。

例 昨日の晩は晩ごはんを食べました → 宿題をしました

→ 昨日の晩は晩ごはんを食べて、宿題をしました。

1）明日は彼に会います → 一緒にごはんを食べます

→ ______

2）先週の日曜日は映画を見ました → おいしい料理を食べました

→ ______

3）土曜日は買い物に行きます → 友達に会います

→ ______

4）昨日の晩、本を読みました → 家族と食事に行きました

→ ______

5）今から家へ帰ります → 少し休みます

→ ______

6）今朝シャワーを浴びました → 朝ごはんを食べました

→ ______

動作先後 2：強調順序
～（て形）から、…
～之後，做…

01 例 飲みます → 飲んでから

1）乗ります →

2）出します →

3）終わります →

4）やめます →

5）入ります →

6）入れます →

7）始めます →

8）乗り換えます →

9）買い物します →

10）来ます →

02 例 お金を入れます → ここを押してください

→ お金を入れてから、ここを押してください。

1）仕事が終わります → 飲みに行きませんか

→

2）友達に会いました → 映画を見に行きました

→

3）大阪城を見学します　→　近くの店でお土産を買いましょう

→ ______________________________

4）大学に入りました　→　日本語の勉強を始めました

→ ______________________________

5）電話をかけます　→　先生のところへ行きます

→ ______________________________

6）ここに住所を書きます　→　もう一度見せに来てください

→ ______________________________

11 表示施捨與受惠（一般場合）

AはBに～（て形）もらいます
B幫忙／為／給A做～
Aはわたしに～（て形）くれます
A幫我做～
AはBに～（て形）あげます
A幫忙／為／給B做～

01 例 作ります → 作ってもらいます、作ってくれます、作ってあげます

1）直します →

2）撮ります →

3）払います →

4）送ります →

5）貸します →

6）つけます →

7）教えます →

8）見せます →

9）説明します →

10）連れて来ます →

02 例　（手伝います）→ わたしは彼に引っ越しを手伝ってもらいました。

1）（貸します）→ ____________

2）（見せます）→ ____________

3）（教えます）→ ____________

4）（持ちます）→ ____________

03 例　（手伝います）
→ 彼は引っ越しを手伝ってくれました。

1）（貸します）→ ____________

2）（見せます）→ ____________

3）（教えます）→ ____________

4）（持ちます）→ ____________

04 例(れい)　（作(つく)ります）→　わたしは彼(かれ)に晩(ばん)ごはんを作(つく)ってあげました。

1）（貸(か)します）→ ____________________

2）（教(おし)えます）→ ____________________

3）（送(おく)ります）→ ____________________

4）（迎(むか)えに行(い)きます）→ ____________________

5）（直(なお)します）→ ____________________

6）（掃除(そうじ)します）→ ____________________

05 例 山　田：明日京都を案内しましょうか。

田　中：ありがとうございます。お願いします。

→ 田中さんは明日 ＿山田さんに京都を案内してもらいます。＿

1）わたし：明日、お弁当を作ってね。

母　：いいよ。

→ わたしは明日＿母　お弁当＿。

2）友　達：明日うちへ来るでしょう？

駅から遠いから、地図を書いてあげるね。

わたし：ありがとう。

→ 友達は＿地図＿。

3）山　本：その資料、ちょっと借りてもいいですか。

田　中：ええ、どうぞ。

→ 田中さんは＿山本さん　資料＿。

4）佐　藤：この上着、ちょっときれいじゃありませんね。

わたしのと一緒に洗いましょうか。

山　下：本当ですか。ありがとうございます。では、お願いします。

→ 山下さんは＿佐藤さん　上着＿。

5）男の人：この宿題、難しい。明日までに終わらないよ。

女の人：英語？ちょっと見せて。

→ 女の人は＿男の人　宿題＿。

6）父　：今晩、何時に帰る？駅まで迎えに行くよ。

わたし：ありがとう。じゃ、7時半に来て。

→ 父は今晩＿駅まで＿。

12 表示習慣性反覆動作 ～（て形）います 總是、經常

01 例　見ます　→　見ています

1）通います　→

2）行きます　→

3）休みます　→

4）作ります　→

5）遊びます　→

6）食べます　→

7）出かけます　→

8）寝ます　→

9）します　→

10）来ます　→

02 例　毎朝・家族・朝ごはん・食べます

→　毎朝家族と朝ごはんを食べています。

1）いつも・あのコンビニ・新聞・買います

→

2）休みの日・日本・映画・見ます

→

3）毎晩・犬・公園・散歩します

→ ＿＿＿＿＿＿＿＿＿＿＿＿＿＿＿＿＿＿＿＿

4）忙しいとき・いつも・夫・料理・手伝ってもらいます

→ ＿＿＿＿＿＿＿＿＿＿＿＿＿＿＿＿＿＿＿＿

5）毎朝・7時半・起きます

→ ＿＿＿＿＿＿＿＿＿＿＿＿＿＿＿＿＿＿＿＿

6）暇なとき・いつも・買い物に行ったり友達に会ったりします

→ ＿＿＿＿＿＿＿＿＿＿＿＿＿＿＿＿＿＿＿＿

13 表示狀態：（自動詞て形）います ～著／～了

01 例 壊れます →

1）止まります →

2）閉まります →

3）掛かります →

4）開きます →

5）破れます →

6）つきます →

7）割れます →

8）外れます →

9）折れます →

10）消えます →

02 例（れい）→ 服（ふく）が汚（よご）れています。

1）→ ____________________

2）→ ____________________

3）→ ____________________

4）→ ____________________

5）→ ____________________

03 例　会議室の電気が（　ついています　）から、
今も会議をしていると思います。

例　あの教室はいつも鍵が（　掛かっていません　）から、誰でも使えます。

1）このかばんはポケットがたくさん（　　　　　　）から、
とても便利だと思います。

2）あの机は（　　　　　　）と思います。たぶん、拭かなくてもいいですよ。

3）すみません、この椅子、（　　　　　　）んですが、どうしたらいいですか。

4）教室の時計が（　　　　　　）から、時間がわかりません。

5）ねえ、田中君のシャツ、いちばん下のボタンが（　　　　　　）よ。

6）あれ？今日は車が１台も（　　　　　　）ね。どうしてですか。

選択肢　~~つきます~~　~~掛かります~~　はずれます　汚れます　つきます
止まります　止まります　壊れます

14 表示遺憾的語氣／不好的結果

～（て形）しまいました

01 例 忘れます → 忘れてしまいました

1）落とします → ＿＿＿＿

2）なくします → ＿＿＿＿

3）行きます → ＿＿＿＿

4）帰ります → ＿＿＿＿

5）遅れます → ＿＿＿＿

6）売れます → ＿＿＿＿

7）間違えます → ＿＿＿＿

8）捨てます → ＿＿＿＿

9）故障します → ＿＿＿＿

10）来ます → ＿＿＿＿

02 例 教室に傘を忘れました

→ 教室に傘を忘れてしまいました。

1）カードをなくしました

→ ＿＿＿＿

2）名前の読み方を間違えました

→ ＿＿＿＿

3）病気になりました

→ ＿＿＿＿

4）ここにあった料理を全部食べました

→ ＿＿＿＿＿＿＿＿＿＿＿＿＿＿＿＿＿＿＿＿

5）紙で手を切りました

→ ＿＿＿＿＿＿＿＿＿＿＿＿＿＿＿＿＿＿＿＿

6）大切なコップを落としました

→ ＿＿＿＿＿＿＿＿＿＿＿＿＿＿＿＿＿＿＿＿

03

例　急ぎました・電車は行きました

→ 急ぎましたが、電車は行ってしまいました。

例　昨日の晩２時に寝ました・今朝学校に遅れました

→ 昨日の晩２時に寝ましたから、今朝学校に遅れてしまいました。

1）先生に説明してもらいました・作り方を忘れました

→ ＿＿＿＿＿＿＿＿＿＿＿＿＿＿＿＿＿＿＿＿

2）パソコンを落としました・壊れました

→ ＿＿＿＿＿＿＿＿＿＿＿＿＿＿＿＿＿＿＿＿

3）気を付けていました・大切な書類をなくしました

→ ＿＿＿＿＿＿＿＿＿＿＿＿＿＿＿＿＿＿＿＿

4）冷たいジュースをたくさん飲みました・お腹が痛くなりました

→ ＿＿＿＿＿＿＿＿＿＿＿＿＿＿＿＿＿＿＿＿

5）いつも軽いものしか入れません・この袋は破れました

→ ＿＿＿＿＿＿＿＿＿＿＿＿＿＿＿＿＿＿＿＿

6）あの漢字は難しいです・テストの時、間違えました

→ ＿＿＿＿＿＿＿＿＿＿＿＿＿＿＿＿＿＿＿＿

15 表示完了
～（て形）しまいます／ました

01 例 読みます → 読んでしまいます、読んでしまいました

1）飲みます →

2）作ります →

3）やります →

4）しまいます →

5）話します →

6）覚えます →

7）片付けます →

8）換えます →

9）説明します →

10）持って来ます →

02 例 レポートを書きます

→ レポートを書いてしまいます。

例 レポートを出しました

→ レポートを出してしまいました。

1）先に晩ごはんを作ります

→

2）この本は昨日の晩、全部読みました

→ ＿＿＿＿＿＿＿＿＿＿＿＿＿＿＿＿＿＿＿＿

3）今日の午後あそこにあるごみを捨てます

→ ＿＿＿＿＿＿＿＿＿＿＿＿＿＿＿＿＿＿＿＿

4）もう部屋を片付けました

→ ＿＿＿＿＿＿＿＿＿＿＿＿＿＿＿＿＿＿＿＿

5）あの事は彼女に全部話します

→ ＿＿＿＿＿＿＿＿＿＿＿＿＿＿＿＿＿＿＿＿

6）会議で使う資料はもう作りました

→ ＿＿＿＿＿＿＿＿＿＿＿＿＿＿＿＿＿＿＿＿

16 表示某物已預備好

～（他動詞て形）あります
（為了某目的而）～著

01 例 書きます → 書いてあります

1）置きます → ____________________

2）飾ります → ____________________

3）貼ります → ____________________

4）消します → ____________________

5）しまいます → ____________________

6）並べます → ____________________

7）植えます → ____________________

8）閉めます → ____________________

9）開けます → ____________________

10）入れます → ____________________

02

例　机の上に　本が置いてあります。

1）窓が

2）家の前に

3）本に

4）部屋の真ん中に

5）壁に

6）引き出しの中に

7）庭に

8）棚のいちばん上に

17 表示預作準備
～（他動詞て形）おきます
事先做好～／放置不管

01 例 予習します → 予習しておきます

1）飾ります →

2）置きます →

3）探します →

4）消します →

5）書きます →

6）決めます →

7）片付けます →

8）つけます →

9）練習します →

10）来ます →

02 例 明日友達が遊びに来ます・ケーキを買います

→ 明日友達が遊びに来ますから、ケーキを買っておきます。

1）午後会議があります・資料をコピーします

→

2）来月外国へ旅行に行きます・パスポートを準備します

→

3）家で誕生日パーティーをします・部屋を飾ります

→

4）来週レポートを書かなければなりません・資料を集めます

→

5）もうすぐ試験があります・単語を復習します

→

6）午後お客さんが来ます・お菓子を買います

→

03 例　その資料・見ます　–　この引き出しの中・入れます

→　その資料を見てもいいですか。

–　どうぞ。見たら、この引き出しの中に入れておいてください。

1）お茶・飲みます　–　飲みます・コップ・洗います

→

–

2）この部屋・パーティーをします　–　終わります・ごみ・まとめます

→

–

3）この教室の椅子・使います　–　使います・教室の隅・置きます

→

–

4）そのガイドブック・見ます　–　見ます・行きたいところ・メモします

→

–

04 例　テレビを消しましょうか。

—　まだ見ますから、（　つけて　）おいてください。

1）ごみ、捨てましょうか。

—　後で捨てますから、そこに（　　　　　　）おいてください。

2）ジュース、いかがですか。

—　冷たいのが飲みたいですから、
冷蔵庫に（　　　　　　）おいてください。

3）エアコン、消しましょうか。

—　暑いですから、（　　　　　　）おいてください。

4）この上着、どうしますか。

—　すみませんが、あそこに（　　　　　　）おいてください。

5）パンフレットはどこに並べますか。

—　もう一度中を確認しなければなりませんから、
（　　　　　　）おいてください。

選択肢　~~つけます~~　つけます　まとめます　そのままにします　掛けます
入れます

18 表示原因

A. ～（動詞(どうし)て形 / 動詞(どうし)ない形(けい) + なくて / 形容詞(けいようし)て形(けい)）、…

因為～，所以…

01 例(れい) 聞(き)きます → 聞(き)いて

1）もらいます → ＿＿＿＿＿＿

2）見(み)ます → ＿＿＿＿＿＿

3）とられます → ＿＿＿＿＿＿

4）ありません → ＿＿＿＿＿＿

5）行(い)けません → ＿＿＿＿＿＿

6）会(あ)えません → ＿＿＿＿＿＿

例(れい) 嬉(うれ)しい → 嬉(うれ)しくて

7）難(むずか)しい → ＿＿＿＿＿＿

8）痛(いた)い → ＿＿＿＿＿＿

例(れい) だめ → だめで

9）複雑(ふくざつ) → ＿＿＿＿＿＿

10）邪魔(じゃま) → ＿＿＿＿＿＿

02 例 地震のニュースを見ました・びっくりしました

→ 地震のニュースを見て、びっくりしました。

1）誰かにかばんを持って行かれました・大変でした

→

2）明日は用事があります・お祭りを見に行けません

→

3）質問に答えられませんでした・困りました

→

4）クラスに友達がいません・とても寂しいです

→

5）試験の問題が難しかったです・諦めてしまいました

→

6）子どものことが心配でした・あまり寝られませんでした

→

B. ～（名詞）で、…
因為～，所以…

01 例 台風・木がたくさん倒れました

→ 台風で木がたくさん倒れました。

1）火事・隣の家が焼けました

→

2）雪・電車や新幹線が止まりました

→ ______________________________

3）雷・電話とテレビが壊れてしまいました

→ ______________________________

4）飛行機の事故・空港が使えなくなりました

→ ______________________________

19 表示嘗試
～（て形（けい））みます
試著～

01 例（れい） 着（き）ます → 着（き）てみます

1）行（い）きます → ＿＿＿＿

2）やります → ＿＿＿＿

3）聞（き）きます → ＿＿＿＿

4）入（はい）ります → ＿＿＿＿

5）はきます → ＿＿＿＿

6）食（た）べます → ＿＿＿＿

7）調（しら）べます → ＿＿＿＿

8）見（み）ます → ＿＿＿＿

9）相談（そうだん）します → ＿＿＿＿

10）来（き）ます → ＿＿＿＿

02

例（れい）→ この靴（くつ）をはいてみてもいいですか。

— ええ、どうぞはいてみてください。

1）→ ______________________

— ______________________

2）→ ______________________

— ______________________

3）→ ______________________

— ______________________

4）→ ______________________

— ______________________

5）→ ______________________

— ______________________

6）→ ＿＿＿＿＿＿＿＿＿＿＿＿＿＿＿＿＿＿＿＿＿＿＿＿

— ＿＿＿＿＿＿＿＿＿＿＿＿＿＿＿＿＿＿＿＿＿＿＿＿＿

03 例 使い方が簡単かどうか、（ 使ってみて ）ください。

1） 田中さんがまだ来ていません。
すみませんが、田中さんに（　　　　　　　　）ください。

2）いいホテルですから、機会があったら（　　　　　　　　）たいです。

3）どのくらい軽いか、（　　　　　　　　）らわかりますよ。

4）来週タイへ行くので、あの果物を（　　　　　　　　）つもりです。

5）説明がよくわからなかったので、先生に（　　　　　　　　）んです。
先生はゆっくり教えてくれました。

6）飛行機が何時に着くか、ちょっと（　　　　　　　　）ましょう。

選択肢 ~~使います~~　見に行きます　泊まります
食べます　電話します　持ちます　聞きます

20 表示受惠（下對上）

Aは Bに～（て形）いただきます
B 幫忙／為／給 A做～
Aはわたしに～（て形）くださいます
A幫我做～

01 例 選びます → 選んでいただきます、選んでくださいます

1）書きます → ＿＿＿＿

2）貸します → ＿＿＿＿

3）連れて行きます → ＿＿＿＿

4）話します → ＿＿＿＿

5）聞きます → ＿＿＿＿

6）換えます → ＿＿＿＿

7）見せます → ＿＿＿＿

8）教えます → ＿＿＿＿

9）説明します → ＿＿＿＿

10）来ます → ＿＿＿＿

02 例 → わたしは先生に本を選んでいただきました。

1）→ ______

2）→ ______

3）→ ______

4）→ ______

03 例 → 先生は本を選んでくださいました。

1）→ ______

2）→ ______

3）→ ______

4）→ ______

21 表示施捨（上對下）

AはBに～（て形）やります
A 幫忙／為／給 B做～

01 例 教えます → 教えてやります

1）迎えに行きます →

2）貸します →

3）直します →

4）持ちます →

5）作ります →

6）見せます →

7）かけます →

8）入れます →

9）修理します →

10）来ます →

02 例 → わたしは子どもを海へ連れて行ってやりました。

1）→ ____________________

2）→ ____________________

3）→ ____________________

4）→ ____________________

5）→ ____________________

6）→ ____________________

22 禮貌請求
～（て形）くださいませんか
能不能麻煩您～

01 例 書きます → 書いてくださいませんか

1）手伝います →

2）貸します →

3）話します →

4）連れて行きます →

5）待ちます →

6）取り替えます →

7）教えます →

8）見ます →

9）確認します →

10）来ます →

02 例 お酒を飲みました・タクシー・呼びます
→ お酒を飲んだので、タクシーを呼んでくださいませんか。

1）初めてレポートを書きます・書き方・教えます
→

2）日本語が正しいかどうかわかりません・この作文・見ます
→

3）帰る時間が遅くなると思います・空港・迎えに来ます

→ ______________________________

4）英語のほうがよくわかります・英語・説明します

→ ______________________________

5）よく聞こえませんでした・もう少し大きい声・話します

→ ______________________________

6）行き方を忘れてしまいました・明日一緒に来ます

→ ______________________________

23 禮貌請求２

～（て形）いただけませんか
能不能麻煩您～

01 例 待ちます → 待っていただけませんか

1）手伝います →

2）貸します →

3）渡します →

4）持って行きます →

5）立ちます →

6）つけます →

7）教えます →

8）見ます →

9）案内します →

10）来ます →

02 例 課長がもうすぐ来ます・すこし待ちます

→ 課長がもうすぐ来るので、すこし待っていただけませんか。

1）初めて東京へ行きます・案内します

→

2）財布を持っていません・お金・貸します

→

3）会場の近くに駐車場がありません・電車・来ます

→ ____________________

4）この文型の使い方があまり分かりません・もう一度・教えます

→ ____________________

5）ちょっと暑いです・クーラーをつけます

→ ____________________

6）来月日本へ出張に行きます・ホテルを予約します。

→ ____________________

24 表示動作者完成某事後回來
～（て形（けい））きます

01 例（れい） 買（か）います → 買（か）ってきます

1）探（さが）します →

2）行（い）きます →

3）呼（よ）びます →

4）見（み）ます →

5）休（やす）みます →

6）出（で）かけます →

7）片付（かたづ）けます →

8）数（かぞ）えます →

9）伝（つた）えます →

10）相談（そうだん）します →

02 例（れい） 時刻表（じこくひょう）・見（み）ます

→ 時刻表（じこくひょう）を見（み）てきます。

1）田中（たなか）さん・呼（よ）びます

→

2）お菓子（かし）・買（か）います

→

3）あそこ・荷物(にもつ)・置(お)きます

→ ____________________

4）あそこ・自転車(じてんしゃ)・止(と)めます

→ ____________________

5）幼稚園(ようちえん)・子(こ)ども・迎(むか)えに行(い)きます

→ ____________________

6）先生(せんせい)・質問(しつもん)します

→ ____________________

03 例(れい) 宿題(しゅくだい)を忘(わす)れたので、ちょっと…もいいですか。

→ 宿題(しゅくだい)を忘(わす)れたので、ちょっと取(と)ってきてもいいですか。

1）このジュース、前(まえ)の店(みせ)で…ました。

→ ____________________

2）資料(しりょう)がちょっと足(た)りません。事務所(じむしょ)で…ましょうか。

→ ____________________

3）あそこにある荷物(にもつ)を…いただけませんか。

→ ____________________

4）後(あと)で予定(よてい)を…つもりです。

→ ____________________

5）家(いえ)の前(まえ)の車(くるま)は別(べつ)のところに…たほうがいいですか。

→ ____________________

6）さっきの会議で来月の予定が決まったので、あそこに…ます。

→＿＿＿＿＿＿＿＿＿＿＿＿＿＿＿＿＿＿＿＿

選択肢　~~取ります~~　確認します　コピーします　書きます
止めます　買います　まとめます

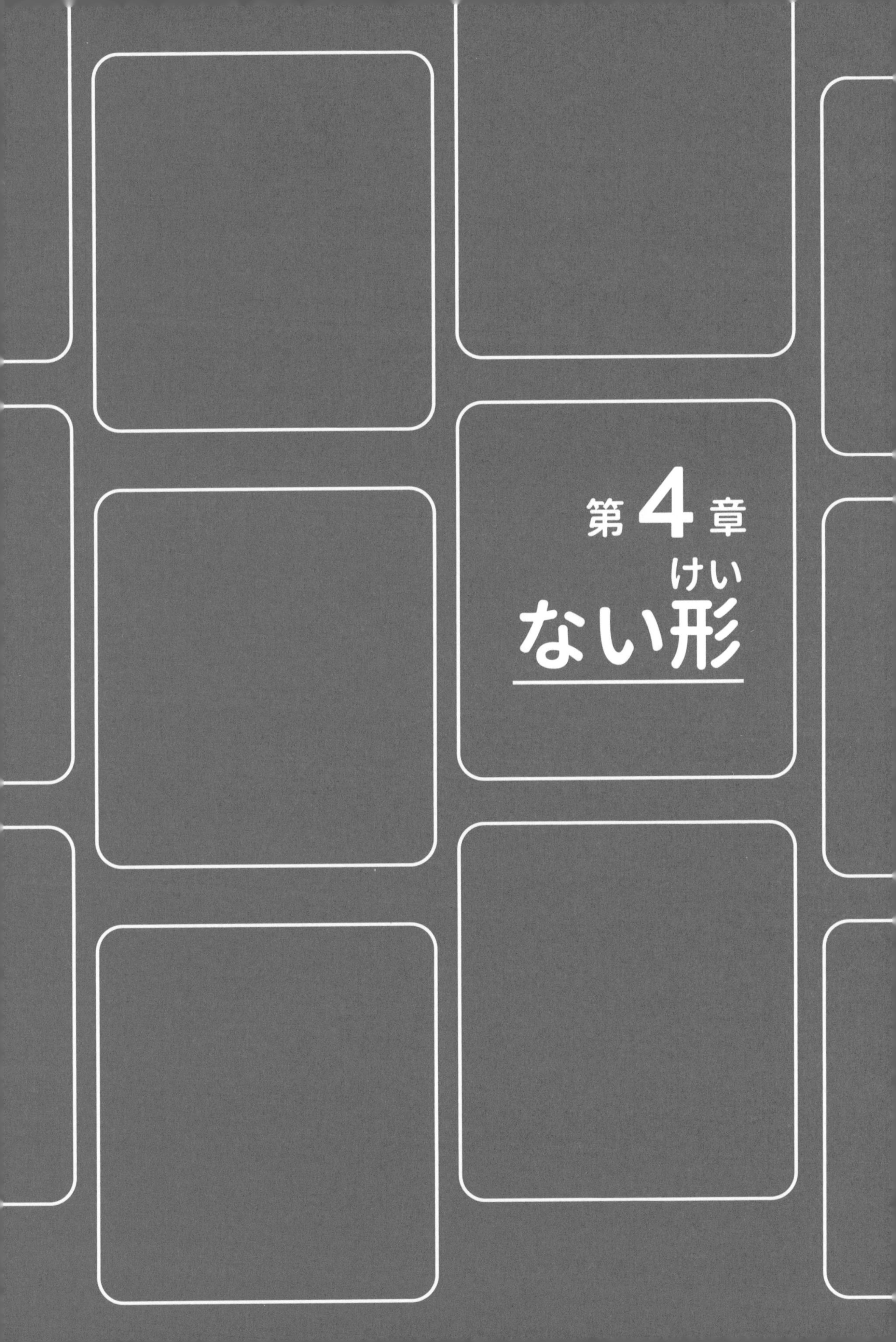

第4章 ない形(けい)

←王可樂老師的詳細導讀

1 三種動詞的ない形變化

Ⅰグループ

い段音＋ます → あ段音＋ない

例：書きます → 書かない　　話します → 話さない

※例外：い＋ます → わ＋ない

例：吸います → 吸わない　　会います → 会わない

　　あります → ない

Ⅱグループ

～ます → ～ない

例：覚えます → 覚えない　　食べます → 食べない

Ⅲグループ

します → しない

来ます → 来ない

		ない形（けい）＋ない
I	例 立（た）ちます	立（た）たない
	1）吸（す）います	
	2）入（はい）ります	
	3）飲（の）みます	
	4）遊（あそ）びます	
	5）聞（き）きます	
	6）急（いそ）ぎます	
	7）消（け）します	
	8）使（つか）います	
	9）持（も）ちます	
	10）座（すわ）ります	
	11）休（やす）みます	
	12）呼（よ）びます	
	13）書（か）きます	
	14）泳（およ）ぎます	
	15）なくします	
	16）手伝（てつだ）います	
	17）待（ま）ちます	
	18）話（はな）します	
	19）あります	
II	20）止（と）めます	
	21）覚（おぼ）えます	
	22）見（み）せます	
	23）開（あ）けます	

II	24）忘（わす）れます	
	25）かけます	
	26）入（い）れます	
	27）やめます	
	28）教（おし）えます	
	29）浴（あ）びます	
	30）見（み）ます	
	31）います	
III	32）します	
	33）心配（しんぱい）します	
	34）来（き）ます	

禮貌禁止
～（ない形）ないでください
請勿～

01 例 押します → 押さないでください

1）話します →

2）入ります →

3）遊びます →

4）見ます →

5）消します →

6）忘れます →

7）止めます →

8）教えます →

9）します →

10）来ます →

02 例 危ないです・夜この公園・散歩します
→ 危ないですから、夜この公園を散歩しないでください。

1）中は禁煙です・たばこ・吸いません
→

2）とても大切です・この書類・なくしません
→

3）わたしは大丈夫です・心配しません

→ ＿＿＿＿＿＿＿＿＿＿＿＿＿＿＿＿＿＿＿＿

4）試験です・辞書・使いません

→ ＿＿＿＿＿＿＿＿＿＿＿＿＿＿＿＿＿＿＿＿

5）古い絵です・この絵・触りません

→ ＿＿＿＿＿＿＿＿＿＿＿＿＿＿＿＿＿＿＿＿

6）明日のチケットです・家・忘れません

→ ＿＿＿＿＿＿＿＿＿＿＿＿＿＿＿＿＿＿＿＿

3 表示義務

～（ない形）なければなりません
必須～

01 例 持って行きます → 持って行かなければなりません

1）飲みます →

2）払います →

3）返します →

4）乗ります →

5）置きます →

6）浴びます →

7）出かけます →

8）覚えます →

9）残業します →

10）来ます →

02 例 レポートを出します（いつまでに）— 月曜日

→ いつまでにレポートを出さなければなりませんか。

— 月曜日までに出さなければなりません。

1）出張します（1か月に何回）— 2、3回

→

—

2）お金を払います（いくら）—　1万円

→ ______________________________

— ______________________________

3）持ってきます（何）—　保険証

→ ______________________________

— ______________________________

4）行きます（どこ）—　先生の部屋

→ ______________________________

— ______________________________

表示非必要性
～（ない形）なくてもいいです
不～也可以

01

例　書きます　→　書かなくてもいいです

1）急ぎます　→ ____

2）立ちます　→ ____

3）直します　→ ____

4）出します　→ ____

5）浴びます　→ ____

6）脱ぎます　→ ____

7）借ります　→ ____

8）食べます　→ ____

9）します　→ ____

10）持って来ます　→ ____

02

例　明日テストがあります・今晩は勉強します

→　明日テストがありますから、今晩は勉強しなければなりません。

例　今晩は時間があります・急ぎません

→　今晩は時間がありますから、急がなくてもいいです。

1）明日の朝は会議があります・10時までに来ます

→ ____

2）暑(あつ)くないです・エアコンをつけません

→ ＿＿＿＿＿＿＿＿＿＿＿＿＿＿＿＿＿＿＿＿

3）今晩(こんばん)は外(そと)で食(た)べます・料理(りょうり)をしません

→ ＿＿＿＿＿＿＿＿＿＿＿＿＿＿＿＿＿＿＿＿

4）今日(きょう)は子(こ)どもの誕生日(たんじょうび)です・早(はや)く帰(かえ)ります

→ ＿＿＿＿＿＿＿＿＿＿＿＿＿＿＿＿＿＿＿＿

5）今日(きょう)はもう仕事(しごと)が終(お)わりました・残業(ざんぎょう)しません

→ ＿＿＿＿＿＿＿＿＿＿＿＿＿＿＿＿＿＿＿＿

6）パスポートをなくしました・新(あたら)しいのを作(つく)ります

→ ＿＿＿＿＿＿＿＿＿＿＿＿＿＿＿＿＿＿＿＿

表示動作在某狀態下進行
～（て形/ない形＋ないで）、…
在～／在沒有～　的狀態下，…

01 例　着ます　→　着て、着ないで

1）持ちます　→　______
2）さします　→　______
3）貼ります　→　______
4）座ります　→　______
5）消します　→　______
6）履きます　→　______
7）食べます　→　______
8）入れます　→　______
9）つけます　→　______
10）します　→　______

02 例　上着・着ます・出かけました
→　上着を着て出かけましたか。
—　いいえ、着ないで出かけました。

1）靴下・履きます・寝ます
→　______
—　いいえ、______

2）部屋・飾ります・パーティーをします

→ ＿＿＿＿＿＿＿＿＿＿＿＿＿＿＿＿＿＿＿＿

— いいえ、＿＿＿＿＿＿＿＿＿＿＿＿＿＿＿＿

3）エアコン・つけます・寝ました

→ ＿＿＿＿＿＿＿＿＿＿＿＿＿＿＿＿＿＿＿＿

— いいえ、＿＿＿＿＿＿＿＿＿＿＿＿＿＿＿＿

4）切手・貼ります・手紙を出しました

→ ＿＿＿＿＿＿＿＿＿＿＿＿＿＿＿＿＿＿＿＿

— いいえ、＿＿＿＿＿＿＿＿＿＿＿＿＿＿＿＿

5）朝ごはん・食べます・学校へ行きます

→ ＿＿＿＿＿＿＿＿＿＿＿＿＿＿＿＿＿＿＿＿

— いいえ、＿＿＿＿＿＿＿＿＿＿＿＿＿＿＿＿

6）弁当・持ちます・出かけました

→ ＿＿＿＿＿＿＿＿＿＿＿＿＿＿＿＿＿＿＿＿

— いいえ、＿＿＿＿＿＿＿＿＿＿＿＿＿＿＿＿

03 例　昨日の晩エアコンを（ つけて ・ (つけないで) ）寝ましたから、
とても暑かったです。

1）明日は結婚式ですから、ネクタイを（ して ・ しないで ）
行ったほうがいいです。

2）このジュースは全然甘くないですから、砂糖を少し
（ 入れて ・入れないで ）飲みましょう。

3）昨日の晩とても疲れていましたから。
歯を（　磨いて　・　磨かないで　）寝てしまいました。

4）午後は寒くなりますから、上着を（　着て　・　着ないで　）出かけたほうがいいですよ。

5）お金を少ししか（　持って　・　持たないで　）買い物に行きましたから、ほしい物が買えませんでした。

表示取捨
～（ない形）ないで…
不～而…

↑
01 例　バスで行きますか。

— いいえ、バスに乗らないで歩いて行きます。

1）先生に質問しましたか。

— いいえ、________________

2）このジュース、冷蔵庫に入れますか。

— いいえ、________________

3）すぐにここから逃げますか。

— いいえ、________________

4）卒業（そつぎょう）したらすぐ働（はたら）きますか。

— いいえ、＿＿＿＿＿＿＿＿＿＿＿＿＿＿＿＿＿＿＿＿＿＿＿＿＿＿＿

5）来週（らいしゅう）の試合（しあい）に出（で）ますか。

— いいえ、＿＿＿＿＿＿＿＿＿＿＿＿＿＿＿＿＿＿＿＿＿＿＿＿＿＿＿

6）休（やす）みの日（ひ）は何（なに）をしますか。

— ＿＿＿＿＿＿＿＿＿＿＿＿＿＿＿＿＿＿＿＿＿＿＿＿＿＿＿＿＿＿

第5章 辞書形（じしょけい）

←王可樂老師的詳細導讀

1 三種動詞的辭書形變化

Ⅰグループ

い段音＋ます → う段音

例：行きます → 行く　　持ちます → 持つ

Ⅱグループ

～ます → ～る

例：教えます → 教える　　見ます → 見る

Ⅲグループ

します → する

来ます → 来る

	ます	辭書形
Ⅰ	例　休みます	休む
	1）行きます	
	2）帰ります	
	3）吸います	
	4）買います	
	5）飲みます	
	6）書きます	

	7）撮(と)ります	
	8）もらいます	
	9）貸(か)します	
	10）習(なら)います	
	11）泳(およ)ぎます	
	12）遊(あそ)びます	
	13）持(も)ちます	
	14）消(け)します	
	15）話(はな)します	
	16）使(つか)います	
	17）住(す)みます	
	18）作(つく)ります	
	19）売(う)ります	
II	20）寝(ね)ます	
	21）食(た)べます	
	22）教(おし)えます	
	23）かけます	
	24）見(み)せます	
	25）止(と)めます	
	26）覚(おぼ)えます	
	27）集(あつ)めます	
	28）起(お)きます	
	29）見(み)ます	
	30）借(か)ります	
	31）浴(あ)びます	

III	32）します	
	33）運転(うんてん)します	
	34）来(き)ます	

2 表示能力
～（辞書形（じしょけい）＋こと／名詞（めいし））ができます
能／會／可以～

01 例 食（た）べます → 食（た）べることができます

1）書（か）きます → ＿＿＿＿

2）弾（ひ）きます → ＿＿＿＿

3）歌（うた）います → ＿＿＿＿

4）飲（の）みます → ＿＿＿＿

5）話（はな）します → ＿＿＿＿

6）作（つく）ります → ＿＿＿＿

7）払（はら）います → ＿＿＿＿

8）借（か）ります → ＿＿＿＿

9）買（か）い物（もの）します → ＿＿＿＿

10）来（き）ます → ＿＿＿＿

02 例 ピアノを弾（ひ）きます

→ ピアノを弾（ひ）くことができます。

1）お酒（さけ）をたくさん飲（の）みます

→ ＿＿＿＿

2）日本語（にほんご）を話（はな）します

→ ＿＿＿＿

3）日本語の歌を歌います

→ ＿＿＿＿＿＿＿＿＿＿＿＿＿＿＿＿＿＿＿＿

4）100 メートル泳ぎます

→ ＿＿＿＿＿＿＿＿＿＿＿＿＿＿＿＿＿＿＿＿

5）おいしい日本料理を作ります

→ ＿＿＿＿＿＿＿＿＿＿＿＿＿＿＿＿＿＿＿＿

6）難しい漢字を書きます

→ ＿＿＿＿＿＿＿＿＿＿＿＿＿＿＿＿＿＿＿＿

03 例　このホテルでインターネット・使います

→ このホテルでインターネットを使うことができます。

1）この図書館・２週間・本・借ります

→ ＿＿＿＿＿＿＿＿＿＿＿＿＿＿＿＿＿＿＿＿

2）日本・きれいな桜・見ます

→ ＿＿＿＿＿＿＿＿＿＿＿＿＿＿＿＿＿＿＿＿

3）コンビニ・コーヒー・飲みます

→ ＿＿＿＿＿＿＿＿＿＿＿＿＿＿＿＿＿＿＿＿

4）レストランの外・たばこ・吸います

→ ＿＿＿＿＿＿＿＿＿＿＿＿＿＿＿＿＿＿＿＿

5）この本・きれいな絵のかき方・勉強します

→ ＿＿＿＿＿＿＿＿＿＿＿＿＿＿＿＿＿＿＿＿

6）あのバス・40 人・乗ります

→ ＿＿＿＿＿＿＿＿＿＿＿＿＿＿＿＿＿＿＿＿

3 表示興趣

～の趣味(しゅみ)は～（辞書形(じしょけい)＋こと／名詞(めいし)）です
誰的興趣是～

01 例(れい) 撮(と)ります → 撮(と)ることです

1） 聞(き)きます → ______

2） 見(み)ます → ______

3） 乗(の)ります → ______

4） 作(つく)ります → ______

5） 書(か)きます → ______

6） 弾(ひ)きます → ______

7） 出(で)かけます → ______

8） 集(あつ)めます → ______

9） 散歩(さんぽ)します → ______

10） 旅行(りょこう)します → ______

02 例（れい） → わたしの趣味（しゅみ）は絵（え）をかくことです。

1）→ ______

2）→ ______

3）→ ______

4）→ ______

5）→ ______

6）→ ______

表示動作先後

～（辞書形 / 名詞 + の / 時間・期間）まえに、…
在～之前，先…

01 例　行きます　→　行くまえに

1）遊びます　→ ______

2）入ります　→ ______

3）脱ぎます　→ ______

4）乗ります　→ ______

5）返します　→ ______

6）呼びます　→ ______

7）忘れます　→ ______

8）捨てます　→ ______

9）結婚します　→ ______

10）来ます　→ ______

02 例　手を洗います　→　料理を手伝います

→　料理を手伝うまえに、手を洗います。

1）お金を換えます　→　外国へ旅行に行きます

→ ______

2）昼ごはんを買います　→　バスに乗ります

→ ______

3）資料（しりょう）をコピーします　→　課長（かちょう）に会（あ）います

→ ________________________________

4）上着（うわぎ）を着（き）ます　→　出（で）かけます

→ ________________________________

5）中（なか）を見（み）ます　→　本（ほん）を返（かえ）します

→ ________________________________

6）母（はは）を手伝（てつだ）います　→　遊（あそ）びに行（い）きます

→ ________________________________

5 假設條件／報路

～（辞書形）と、…
一～，就…／一～就可以看到…

01 例 聞きます → 聞くと

1）回します →

2）引きます →

3）飲みます →

4）触ります →

5）渡ります →

6）曲がります →

7）閉めます →

8）開けます →

9）します →

10）来ます →

02 例 まっすぐ（ 行く ）と、美術館があります。

1）このボタンを（ ）と、水が出ます。

2）このつまみを右へ（ ）と、音が大きくなります。

3）この信号を（ ）と、喫茶店があります。

4）次の角を左へ（ ）と、本屋があります。

5）階段を（　　　　　　　　　）と、地下鉄の改札があります。

6）このレバーを（　　　　　　　　　）と、水が出ます。

7）ここに（　　　　　　　　　）と、ドアが開きます。

8）サイズを（　　　　　　　　　）と、字が小さくなります。

選択肢　~~行きます~~　押します　触ります　曲がります
渡ります　降ります　回します　変えます　引きます

6 表示內心意願
～（辞書形／ない形＋ない）つもりです
打算～

01 例 見ます → 見るつもりです、見ないつもりです

1）買います → ＿＿＿＿

2）休みます → ＿＿＿＿

3）住みます → ＿＿＿＿

4）乗ります → ＿＿＿＿

5）習います → ＿＿＿＿

6）借ります → ＿＿＿＿

7）着ます → ＿＿＿＿

8）換えます → ＿＿＿＿

9）研究します → ＿＿＿＿

10）連れてきます → ＿＿＿＿

02 例 彼と結婚しますか。

— はい、結婚するつもりです。

例 旅行に行きますか。

— いいえ、行かないつもりです。

1）新しいかばんを買いますか。

— はい、＿＿＿＿

2）ずっと日本(にほん)に住(す)みますか。

— いいえ、＿＿＿＿＿＿＿＿＿＿＿＿＿＿＿＿

3）今度(こんど)の試験(しけん)を受(う)けますか。

— はい、＿＿＿＿＿＿＿＿＿＿＿＿＿＿＿＿

4）夏休(なつやす)み、国(くに)へ帰(かえ)りますか。

— いいえ、＿＿＿＿＿＿＿＿＿＿＿＿＿＿＿＿

5）もう先生(せんせい)にレポートを出(だ)しましたか。

— いいえ、明日(あした)＿＿＿＿＿＿＿＿＿＿＿＿＿＿＿＿

6）来週(らいしゅう)のボランティアに参加(さんか)しますか。

— いいえ、＿＿＿＿＿＿＿＿＿＿＿＿＿＿＿＿

表示目的（非意志動詞）
～（辞書形/ない形＋ない）ように、…
為了～，…

01

例　できます → できるように

1）わかります →

2）見えます →

3）間に合います →

4）治ります →

5）作れます →

6）話せます →

例　忘れません → 忘れないように

7）腐りません →

8）会いません →

9）なりません →

10）遅れません →

11）間違えません →

12）心配しません →

02 例　一人でどこでも（　行けるように　）、もっと外国語を勉強したいです。
例　子どもが（　食べないように　）、ケーキはしまっておいてください。

1）いろいろな料理が（　　　　　　　　）、いつも料理の本を見ています。

2）部屋が広く（　　　　　　　　）、使わない物を捨てました。

3）日本語が上手に（　　　　　　　　）、毎日練習しています。

4）かぜが早く（　　　　　　　　）、ゆっくり休んでください。

5）事故に（　　　　　　　　）、車を運転するときは気をつけてください。

6）隣の教室の人に（　　　　　　　　）、
もう少し小さい声で話したほうがいいです。

7）誕生日がよく（　　　　　　　　）、カレンダーに丸を付けておきました。

8）習ったことを（　　　　　　　　）、毎日復習しています。

選択肢　~~行けます~~　~~食べません~~
治ります　聞こえません　作れます　忘れません
なります　話せます　あいません　わかります

表示能力變化
～（非意志動詞辞書形）ようになりました／～（非意志動詞ない形＋なく）なりました
變得能／不能～

01

例　書けます　→　書けるようになりました、書けなくなりました

1）できます　→　＿＿＿＿

2）わかります　→　＿＿＿＿

3）乗れます　→　＿＿＿＿

4）買えます　→　＿＿＿＿

5）食べられます　→　＿＿＿＿

6）見られます　→　＿＿＿＿

7）着られます　→　＿＿＿＿

8）使えます　→　＿＿＿＿

9）見えます　→　＿＿＿＿

10）来られます　→　＿＿＿＿

02

例　（留学前）漢字が書けませんでした。
（今）たくさん漢字を書くことができます。
→　たくさん漢字が書けるようになりました。

1）（留学前）料理ができませんでした。
（今）日本料理を作ることができます。
→　＿＿＿＿

2）（留学前）日本の歌をぜんぜん知りませんでした。
（今）いろいろな日本の歌を歌うことができます。

→

3）（留学前）テレビの日本語がぜんぜんわかりませんでした。
（今）テレビの日本語がだいたいわかります。

→

4）（留学前）日本語で電話をかけられませんでした。
（今）日本語で電話をかけることができます。

→

5）（留学前）一人で旅行に行くことができませんでした。
（今）一人で旅行できます。

→

6）（結婚前）外で食事をすることができました。
（今）外で食事をすることができません。

→

7）（結婚前）Mサイズのズボンをはくことができました。
（今）ズボンをはくことができません。

→

8）（結婚前）遅く帰ることができました。
（今）遅く帰ることができません。

→

03 例（れい） → ケータイで何（なん）でも調（しら）べられるようになりました。

1）→ ＿＿＿＿＿＿＿＿＿＿

2）→ ＿＿＿＿＿＿＿＿＿＿

3）→ ＿＿＿＿＿＿＿＿＿＿

4）→ ＿＿＿＿＿＿＿＿＿＿

5）→ ＿＿＿＿＿＿＿＿＿＿

6）→ ＿＿＿＿＿＿＿＿＿＿

表示維持某習慣
～（辭書形／ない形＋ない）ようにしています
盡量～／盡量不～

01 例　歩きます　→　歩くようにしています

1）磨きます　→　＿＿＿＿

2）帰ります　→　＿＿＿＿

3）寝ます　→　＿＿＿＿

4）食べます　→　＿＿＿＿

5）運動します　→　＿＿＿＿

例　乗りません　→　乗らないようにしています

6）休みません　→　＿＿＿＿

7）吸いません　→　＿＿＿＿

8）遅れません　→　＿＿＿＿

9）無理をしません　→　＿＿＿＿

10）持って来ません　→　＿＿＿＿

02 例　新しい単語がよく覚えられるように、
何回も（読みます→　読むようにしています　）。

例　習ったことは（忘れません→　忘れないようにしています　）。

1）試験の前の日はいつも早く（寝ます　→　　　　）。

2）仕事の時間を忘れないように、

　　毎日手帳を（ 確認します → 　　　　　　　　　　）。

3）将来困らないように、

　　なるべく毎月５万円（ 貯金します → 　　　　　　　　　　）。

4）夜は危ないですから、

　　毎日７時までに家へ（ 帰ります → 　　　　　　　　　　）。

5）病気になりたくないですから、

　　甘いものをあまり（ 食べません → 　　　　　　　　　　）。

6）たくさん運動しなければなりませんから、

　　エレベーターを（ 使いません → 　　　　　　　　　　）。

7）すぐ疲れてしまいますから、

　　あまり（ 無理をしません → 　　　　　　　　　　）。

8）子どもが家で待っていますから、

　　できるだけ（ 残業しません → 　　　　　　　　　　）。

10 禮貌請求對方保持做／不做某事

～（辞書形／ない形＋ない）ようにしてください
請～／請勿～　＊比「～てください」委婉

01

例　買います　→　買うようにしてください

1）守ります　→　______

2）消します　→　______

3）片付けます　→　______

4）伝えます　→　______

5）連絡します　→　______

例　なくしません　→　なくさないようにしてください

6）騒ぎません　→　______

7）冷やしません　→　______

8）書きません　→　______

9）忘れません　→　______

10）連れて来ません　→　______

02

例　会社の規則です・必ず守ります

→　会社の規則ですから、必ず守るようにしてください。

例　大切な試験です・時間を間違えません

→　大切な試験ですから、時間を間違えないようにしてください。

1）心配(しんぱい)です・毎日(まいにち)帰(かえ)る時間(じかん)を連絡(れんらく)します

→ ______________________________

2）体(からだ)によくないです・甘(あま)い飲(の)み物(もの)はあまり飲(の)みません

→ ______________________________

3）大切(たいせつ)なものです・使(つか)うときはいつも気(き)をつけます

→ ______________________________

4）小(ちい)さい声(こえ)だったら後(うし)ろまで聞(き)こえません・大(おお)きい声(こえ)で話(はな)します

→ ______________________________

5）すぐに壊(こわ)れてしまいます・安(やす)い家具(かぐ)は買(か)いません

→ ______________________________

6）国(くに)へ帰(かえ)れません・パスポートをなくしません

→ ______________________________

11 表示目的（意志動詞）

～（辞書形／名詞＋の）ために、…
為了～，…

01 例 買います → 買うために

1）入ります →
2）住みます →
3）飼います →
4）運びます →
5）なります →
6）考えます →
7）結婚します →
8）来ます →

例 将来 → 将来のために

9）家族 →
10）教育 →

02 例 家を建てます・毎日貯金しています
→ 家を建てるために、毎日貯金しています。

1）学校の先生になります・大学に入るつもりです
→

2）お祭(まつ)りに参加(さんか)します・踊(おど)りを覚(おぼ)えました

→ ______________________________

3）漢字(かんじ)をたくさん覚(おぼ)えます・毎日勉強(まいにちべんきょう)します

→ ______________________________

4）家族(かぞく)にあげます・いろいろなお土産(みやげ)を買(か)いました

→ ______________________________

5）論文(ろんぶん)を書(か)きます・毎日図書館(まいにちとしょかん)で資料(しりょう)を探(さが)しています

→ ______________________________

6）日本文化(にほんぶんか)を研究(けんきゅう)します・日本(にほん)へ留学(りゅうがく)しようと思(おも)っています

→ ______________________________

03 例(れい) 今日(きょう)の試験(しけん)・寝(ね)ないで勉強(べんきょう)しました（今日(きょう)の試験(しけん)）

→ 今日(きょう)の試験(しけん)のために、寝(ね)ないで勉強(べんきょう)しました。

1）将来(しょうらい)・これも勉強(べんきょう)しておいたほうがいいです

→ ______________________________

2）健康(けんこう)・野菜(やさい)や果物(くだもの)をたくさん食(た)べるようにしています

→ ______________________________

3）彼女(かのじょ)・有名(ゆうめい)なレストランを予約(よやく)しました

→ ______________________________

4）家族(かぞく)・これからも一生懸命働(いっしょうけんめいはたら)きます

→ ______________________________

12 表示用途

～（辞書形（じしょけい）＋の／名詞）に…
用於～

01 例（れい） 通（かよ）います → 通（かよ）うのに

1）作（つく）ります →

2）測（はか）ります →

3）知（し）ります →

4）包（つつ）みます →

5）切（き）ります →

6）育（そだ）てます →

7）入（い）れます →

8）建（た）てます →

9）勉強（べんきょう）します →

10）来（き）ます →

02 例(れい)　これは何(なに)に使(つか)いますか。（ケーキの材料(ざいりょう)・混(ま)ぜます）

—　ケーキの材料(ざいりょう)を混(ま)ぜるのに使(つか)います。

これは何(なに)に使(つか)いますか。

1）（お年玉(としだま)・入(い)れます）

____

2）（蟹(かに)・食(た)べます）

____

3）（お茶(ちゃ)・いれます）

____

4）（英語(えいご)・教(おし)えます）

____

5）（部屋・掃除）

6）（機械・修理）

---

03 例　このマンションは駅から近いので、会社に（　通うのに　）便利です。

1）このはさみは小さいですから、
子どもの髪を（　　　　　　　）ちょうどいいです。

2）この傘は小さいですから、（　　　　　　　）便利です。

3）わたしは車も自転車も持っていないので、
買い物に（　　　　　　　）不便です。

4）この電子辞書はいろいろな言葉が調べられるので、
論文を（　　　　　　　）役に立ちます。

5）この新聞は簡単な日本語で書かれているので、
日本語の（　　　　　　　）いいです。

選択肢　通います　旅行　勉強
書きます　切ります　行きます

04 例　1か月生活します・15万円

1か月生活するのに15万円かかります。

1）アパートを借ります・6万円

2）インターネットを使います・1万円

3）電車で大学に通います・1万円

4）毎日の食事・4万円

5）引越しの荷物をまとめます・2日

6）新しいアパートを探します・1か月

13 動詞轉為名詞 1
～(辞書形(じしょけい))のは…

01 例(れい)　踊(おど)ります　→　踊(おど)るのは

1) 話(はな)します　→ ＿＿＿＿＿＿

2) 運(はこ)びます　→ ＿＿＿＿＿＿

3) 飲(の)みます　→ ＿＿＿＿＿＿

4) 通(かよ)います　→ ＿＿＿＿＿＿

5) 入(はい)ります　→ ＿＿＿＿＿＿

6) 続(つづ)けます　→ ＿＿＿＿＿＿

7) 浴(あ)びます　→ ＿＿＿＿＿＿

8) 覚(おぼ)えます　→ ＿＿＿＿＿＿

9) 持(も)って来(き)ます　→ ＿＿＿＿＿＿

10) 参加(さんか)します　→ ＿＿＿＿＿＿

02 例(れい)　あの先生(せんせい)と話(はな)します・楽(たの)しいです

→ あの先生(せんせい)と話(はな)すのは楽(たの)しいです。

1) ゆっくりお風呂(ふろ)に入(はい)ります・気持(きも)ちがいいです

→ ＿＿＿＿＿＿

2) 毎日(まいにち)遅(おそ)い時間(じかん)までゲームをします・体(からだ)によくないと思(おも)います

→ ＿＿＿＿＿＿

3）ケータイを見ながら車を運転します・危ないです

→

4）山田さんが早く会社に来ます・珍しいです

→

5）一人でこのレポートを書きます・大変です

→

6）先生に言われたとおりにします・簡単です

→

14 動詞轉為名詞２ ～（辞書形）のが…

例 見ます → 見るのが

1）言います →

2）作ります →

3）歩きます →

4）書きます →

5）走ります →

6）起きます →

7）褒めます →

8）育てます →

9）来ます →

１０）散歩します →

02 例 わたしの父は嫌いです・時間に遅れます

→ わたしの父は時間に遅れるのが嫌いです。

1）母は好きです・古いお寺を見ます

→

2）兄は速いです・走ります

→

3）姉は遅いです・ご飯を食べます

→ ＿＿＿＿＿＿＿＿＿＿

4）弟は下手です・ピアノを弾きます

→ ＿＿＿＿＿＿＿＿＿＿

5）妹は上手です・友達のいいところを見つけます

→ ＿＿＿＿＿＿＿＿＿＿

03 例　いつもこのレストランで食事しているんですか。（ここで食べます・好きです）

— はい、ここで食べるのが好きなんです。

1）あれ？まだ食べているんですか。（わたしは食べます・遅いです）

— すみません、＿＿＿＿＿＿＿＿＿＿

2）田中さんはその古いカメラをずっと使っていますね。
（わたしはこのカメラで写真を撮ります・好きです）

— ええ、＿＿＿＿＿＿＿＿＿＿

3）伊藤さん、これは犬ですか、猫ですか。（わたしは絵をかきます・下手です）

— 猫ですよ。＿＿＿＿＿＿＿＿＿＿

4）このケーキ、おいしい。誰が作ったんですか。
（田中さんはお菓子を作ります・上手です）

— 田中さんですよ。＿＿＿＿＿＿＿＿＿＿

15 表示未來計劃

「V辞書形（じしょけい）／Nの　予定（よてい）です」

預定做～

例　会（あ）います　→　会（あ）う予定（よてい）

例　来週（らいしゅう）　→　来週（らいしゅう）の予定（よてい）

1）始（はじ）まります　→　＿＿＿＿

2）選（えら）びます　→　＿＿＿＿

3）通（かよ）います　→　＿＿＿＿

4）飼（か）います　→　＿＿＿＿

5）続（つづ）けます　→　＿＿＿＿

6）受（う）けます　→　＿＿＿＿

7）卒業（そつぎょう）　→　＿＿＿＿

8）出席（しゅっせき）　→　＿＿＿＿

02　例　説明会（せつめいかい）は何時（なんじ）に始（はじ）まりますか。（2時（じ））

→　2時（じ）に始（はじ）まる予定（よてい）です／2時（じ）の予定（よてい）です。

例　夏休（なつやす）みは何（なに）をしますか。（留学（りゅうがく））

→　留学（りゅうがく）する予定（よてい）です。／留学（りゅうがく）の予定（よてい）です。

1）どこへ留学（りゅうがく）に行（い）きますか。（アメリカ）

→　＿＿＿＿

2）いつ台湾へ帰りますか。（来月）

→ ＿＿＿＿＿＿＿＿＿＿＿＿＿＿＿＿＿＿＿＿

3）荷物はいつ届きますか。（明日）

→ ＿＿＿＿＿＿＿＿＿＿＿＿＿＿＿＿＿＿＿＿

4）桜はいつから咲きますか。（来週から）

→ ＿＿＿＿＿＿＿＿＿＿＿＿＿＿＿＿＿＿＿＿

5）明日の仕事は何ですか。（出張）

→ ＿＿＿＿＿＿＿＿＿＿＿＿＿＿＿＿＿＿＿＿

6）彼の結婚式に出席しますか。（出席）

→ ＿＿＿＿＿＿＿＿＿＿＿＿＿＿＿＿＿＿＿＿

7）明日の会議に参加しますか。（参加）

→ ＿＿＿＿＿＿＿＿＿＿＿＿＿＿＿＿＿＿＿＿

8）大学を卒業したらどうしますか。（就職）

→ ＿＿＿＿＿＿＿＿＿＿＿＿＿＿＿＿＿＿＿＿

第6章 た形（けい）

←王可樂老師的詳細導讀

1 三種動詞的た形（けい）變化

I グループ（い段音（だんおん）＋ます）

い・ち・り → った

例：会（あ）います → 会（あ）った　待（ま）ちます → 待（ま）った　終（お）わります → 終（お）わった

み・び・に → んだ

例：休（やす）みます → 休（やす）んだ　遊（あそ）びます → 遊（あそ）んだ　死（し）にます → 死（し）んだ

し → した

例：話（はな）します → 話（はな）した

き → いた

例：書（か）きます → 書（か）いた　※例外（れいがい）：行（い）きます → 行（い）った

ぎ → いだ

例：泳（およ）ぎます → 泳（およ）いだ

II グループ（え段音（だんおん）＋ます）

ます → た

例：食（た）べます → 食（た）べた

III グループ

します → した

来（き）ます → 来（き）た

	ます	た形(けい)
I	例(れい) 歌(うた)います	歌(うた)った
	1）待(ま)ちます	
	2）泊(と)まります	
	3）飲(の)みます	
	4）遊(あそ)びます	
	5）行(い)きます	
	6）泳(およ)ぎます	
	7）話(はな)します	
	8）習(なら)います	
	9）立(た)ちます	
	10）撮(と)ります	
	11）書(か)きます	
	12）消(け)します	
	13）買(か)います	
	14）持(も)ちます	
	15）作(つく)ります	
	16）貸(か)します	
	17）使(つか)います	
	18）売(う)ります	
	19）弾(ひ)きます	
II	20）寝(ね)ます	

	21）食(た)べます	
	22）教(おし)えます	
	23）かけます	
	24）見(み)せます	
	25）止(と)めます	
	26）覚(おぼ)えます	
	27）集(あつ)めます	
	28）起(お)きます	
	29）見(み)ます	
	30）借(か)ります	
	31）浴(あ)びます	
III	32）します	
	33）運転(うんてん)します	
	34）来(き)ます	

2 表示過去經驗
～（た形）ことがあります
曾經～過

01 例 運転します → 運転したことがあります

1）行きます →

2）もらいます →

3）泳ぎます →

4）作ります →

5）泊まります →

6）見ます →

7）食べます →

8）教えます →

9）研究します →

10）来ます →

02 例 富士山・登ります

→ 富士山に登ったことがあります。

1）日本・桜・見ます

→

2）日本語・友達・手紙・書きます

→

3）有名（ゆうめい）・ワイン・飲（の）みます

→ ____

4）アメリカ人（じん）・友達（ともだち）の家（いえ）・泊（と）まります

→ ____

5）すき焼（や）き・作（つく）り方（かた）・習（なら）います

→ ____

6）沖縄（おきなわ）・遊（あそ）びます・行（い）きます

→ ____

表示動作列舉
～（た形）り、…（た形）りします
做～做…

01 例 食べます → 食べたり

1）話します →

2）遊びます →

3）吸います →

4）読みます →

5）会います →

6）入ります →

7）見ます →

8）教えます →

9）掃除します →

10）来ます →

02 例 休みの日・テレビを見ます・掃除します

→ 休みの日、テレビを見たり、掃除したりします。

1）明日・友達だちに会います・買い物します

→

2）日曜日・映画を見ます・おいしい物を食べます

→

3）夜・彼女に電話します・ゆっくりお風呂に入ります

→ ______________________________

4）昨日の晩・パーティーで踊りました・歌いました

→ ______________________________

5）去年・日本へ遊びに行きました・日本語の勉強を始めました

→ ______________________________

6）先週・会社の人とカラオケに行きました・お酒を飲みました

→ ______________________________

03 例　次の休みの日、何をしたいですか。（　雑誌を読みます・買い物に行きます　）

→ 　雑誌を読んだり、買い物に行ったりしたいです。

1）会議の前に、何をしなければなりませんか。

（　資料を作ります・コピーします　）

→ ______________________________

2）日本へ行ったことがありますか。

（　はい、日本で納豆を食べます・歌舞伎を見ます　）

→ ______________________________

3）英語ができますか。

（　はい、英語で手紙を書きます・電話をかけます　）

→ ______________________________

4）来月一緒にタイへ行きませんか。

（　いいですね、タイでおいしい料理を食べます・有名なお寺を見ます　）

→ ______________________________

5）趣味は何ですか。

（　写真を撮ります・本を読みます　）

→

6）先生、辞書を使ってもいいですか。

（　いいえ、辞書を使います・本を見ます　）

→

4 假設條件
～（た形(けい)）ら、…
～的話，…

01 例(れい)　降(ふ)ります → 降(ふ)ったら、降(ふ)らなかったら

1）飲(の)みます → ________

2）あります → ________

3）取(と)ります → ________

4）足(た)ります → ________

5）考(かんが)えます → ________

6）予約(よやく)します → ________

7）来(き)ます → ________

例(れい)　おいしいです → おいしかったら、おいしくなかったら

8）忙(いそが)しいです → ________

9）安(やす)いです → ________

10）いいです → ________

例(れい)　きれいです → きれいだったら、きれいじゃなかったら

11）好(す)きです → ________

12）有名(ゆうめい)です → ________

13）暇(ひま)です → ________

例　休みです　→　休みだったら、休みじゃなかったら

14）病気です　→　________________

15）日曜日です　→　________________

02　例　もしも田中さんが来ます

→　もし田中さんが来たら　、（　A　）。

1）明日雨が降ります

→　________________、（　　）。

2）タクシーが来ません

→　________________、（　　）。

3）ゆっくり考えます

→　________________、（　　）。

4）もう少し安いです

→　________________、（　　）。

5）おいしいです

→　________________、（　　）。

6）来週の日曜日暇です

→　________________、（　　）。

選択肢

~~A　わたしに教えてください~~
B　一緒に出かけませんか
C　このパソコンを買います
D　またこのレストランへ食事に来ます
E　わかると思います
F　歩いていきましょう
G　母が駅まで迎えに来てくれます

03　例　彼がいます・一緒にどこへ行きたいですか

→　彼がいたら、一緒にどこへ行きたいですか。

—　海へ行きたいです。

1）お金がたくさんあります・何を買いたいですか

→　______________________

—　______________________

2）寂しいです・どうしますか

→ ＿＿＿＿＿＿＿＿＿＿＿＿＿＿＿＿＿＿＿＿

— ＿＿＿＿＿＿＿＿＿＿＿＿＿＿＿＿＿＿＿＿

3）有名な人に会います・何をしたいですか

→ ＿＿＿＿＿＿＿＿＿＿＿＿＿＿＿＿＿＿＿＿

— ＿＿＿＿＿＿＿＿＿＿＿＿＿＿＿＿＿＿＿＿

4）仕事が忙しくないです・どこへ遊びに行きたいですか

→ ＿＿＿＿＿＿＿＿＿＿＿＿＿＿＿＿＿＿＿＿

— ＿＿＿＿＿＿＿＿＿＿＿＿＿＿＿＿＿＿＿＿

5）天気がいいです・出かけますか

→ ＿＿＿＿＿＿＿＿＿＿＿＿＿＿＿＿＿＿＿＿

— いいえ、＿＿＿＿＿＿＿＿＿＿＿＿＿＿＿＿

5 表示某動作之後再接著另一動作
～（た形）ら、…
～之後，…

01 例 終わります → 終わったら

1）着きます → ＿＿＿＿

2）大人になります → ＿＿＿＿

3）帰ります → ＿＿＿＿

4）入ります → ＿＿＿＿

5）あります → ＿＿＿＿

6）やめます → ＿＿＿＿

7）出ます → ＿＿＿＿

8）乗り換えます → ＿＿＿＿

9）卒業します → ＿＿＿＿

10）来ます → ＿＿＿＿

02 例 田中さんが教室へ来ます ⇒ わたしに教えてください

→ 田中さんが教室へ来たら、わたしに教えてください。

1）家へ帰ります ⇒ すぐに宿題をします

→ ＿＿＿＿

2）夏休みになります ⇒ アメリカにいる友達に会いに行きます

→ ＿＿＿＿

3）高校を出ます　⇒　料理の学校に入りたいです

→ ＿＿＿＿＿＿＿＿＿＿＿＿＿＿＿＿＿＿＿＿＿＿＿＿

4）食事が終わります　⇒　映画を見に行きませんか

→ ＿＿＿＿＿＿＿＿＿＿＿＿＿＿＿＿＿＿＿＿＿＿＿＿

5）65 歳になります　⇒　仕事をやめます

→ ＿＿＿＿＿＿＿＿＿＿＿＿＿＿＿＿＿＿＿＿＿＿＿＿

6）近くの駅に着きます　⇒　電話してください

→ ＿＿＿＿＿＿＿＿＿＿＿＿＿＿＿＿＿＿＿＿＿＿＿＿

表示建議

～（た形／ない形＋ない）ほうがいいです
最好～／最好不要～

01 例 行きます → 行ったほうがいいです、行かないほうがいいです

1）冷やします →

2）読みます →

3）休みます →

4）話します →

5）使います →

6）見ます →

7）続けます →

8）出ます →

9）運動します →

10）来ます →

02 例　水を飲んだほうがいいです。

1）早く（寝ます）＿＿＿＿＿＿＿＿＿＿

2）もう少し（休みます）＿＿＿＿＿＿＿＿＿＿

3）冷たい水で（冷やします）＿＿＿＿＿＿＿＿＿＿

4）毎日（運動します）＿＿＿＿＿＿＿＿＿＿

5）あまり（たばこを吸いません）＿＿＿＿＿＿＿＿＿＿

6）お酒はあまり（飲みません）＿＿＿＿＿＿＿＿＿＿

7）今晩は（お風呂に入りません）＿＿＿＿＿＿＿＿＿＿

8）仕事で（無理しません）＿＿＿＿＿＿＿＿＿＿

03 例　体の調子がよくないですから、今日は　休んだほうがいいです。

1）６時ごろは道が込みますから、車で　＿＿＿＿＿＿＿＿＿＿。

2）大学を出る前に、いろいろな所へ　＿＿＿＿＿＿＿＿＿＿。

3）あのパソコンは古いですから、　＿＿＿＿＿＿＿＿＿＿。

4）明日は試験ですから、習ったことを　＿＿＿＿＿＿＿＿＿＿。

5）お腹の調子が悪いときは、冷たいジュースを　＿＿＿＿＿＿＿＿＿＿。

6）明日早く起きなければなりませんから、もう　＿＿＿＿＿＿＿＿＿＿。

選択肢　~~休みます~~　旅行に行きます　寝ます　使います
飲みます　行きます　復習します

7 表示遵循

～（た形 / 名詞 + の）とおりに、…
按照～，做…

01 例　言います　→　言ったとおりに

1）聞きます　→　＿＿＿＿

2）読みます　→　＿＿＿＿

3）習います　→　＿＿＿＿

4）教えます　→　＿＿＿＿

5）教えてもらいます　→　＿＿＿＿

6）書きます　→　＿＿＿＿

7）書いてあります　→　＿＿＿＿

8）やります　→　＿＿＿＿

9）見ます　→　＿＿＿＿

10）します　→　＿＿＿＿

02 例　ここに書きました・組み立てます

→　ここに書いたとおりに、組み立ててください。

1）説明しました・組み立てます

→　＿＿＿＿

2）さっきやりました・やります

→　＿＿＿＿

3）昨日教えてもらいました・踊ります

→ ______________________________

4）CD で聞きました・言います

→ ______________________________

5）説明書・作ります

→ ______________________________

6）この地図・行きます

→ ______________________________

表示動作先後
～（た形／名詞＋の）あとで、…
做完～後，做…

01 例 行きます → 行ったあとで

1）磨きます → ______

2）始まります → ______

3）入ります → ______

4）帰ります → ______

5）終わります → ______

6）入れます → ______

7）伝えます → ______

8）見ます → ______

9）します → ______

10）来ます → ______

02 例　本を読みます・レポートを書きます

→　本を読んだ後で、レポートを書きます。

1）映画を見ます・食事に行きます

→

2）プールで泳ぎます・あそこで休みます

→

3）部屋を片付けます・出かけます

→

4）会議が終わります・レポートを書きます

→

5）テレビを見(み)ます・宿題(しゅくだい)をします

→ ______________________________

6）晩(ばん)ごはんを食(た)べます・お風呂(ふろ)に入(はい)ります

→ ______________________________

表示動作剛剛完了
～（た形(けい)）ばかりです
才剛～

01 例(れい)　入(はい)ります　→　入(はい)ったばかりです

1）始(はじ)まります　→ ______

2）買(か)います　→ ______

3）焼(や)きます　→ ______

4）通(とお)ります　→ ______

5）直(なお)します　→ ______

6）生(う)まれます　→ ______

7）出(で)ます　→ ______

8）寝(ね)ます　→ ______

9）来(き)ます　→ ______

10）退院(たいいん)します　→ ______

02 例(れい)　宿題(しゅくだい)はさっき終(お)わりました。

→　宿題(しゅくだい)はさっき終(お)わったばかりです。

1）このパソコンは先月(せんげつ)買(か)いました。

→ ______

2）大学(だいがく)の授業(じゅぎょう)は先週(せんしゅう)始(はじ)まりました。

→ ______

3）昨日日本語の勉強を始めました。

→ ＿＿＿＿＿＿＿＿＿＿＿＿＿＿＿＿＿＿＿＿

4）レポートは今朝先生に見ていただきました。

→ ＿＿＿＿＿＿＿＿＿＿＿＿＿＿＿＿＿＿＿＿

03 例 留学生活は長いんですか。（いいえ、先月・日本・来ました）

— いいえ、先月日本に来たばかりなんです。

1）小さい犬ですね。（1週間前・生まれました）

→ ええ、＿＿＿＿＿＿＿＿＿＿＿＿＿＿＿＿

2）このお弁当、食べませんか。（さっき・食堂・昼ご飯・食べました）

→ すみません、＿＿＿＿＿＿＿＿＿＿＿＿＿＿

3）お仕事はどうですか。（3日前・今の会社・入りました）

→ まだわかりません。＿＿＿＿＿＿＿＿＿＿＿＿

4）新しい家ですね。（去年・買いました）

→ ええ、＿＿＿＿＿＿＿＿＿＿＿＿＿＿＿＿

10 表示動作進行階段 ～「辞書形/（て形）+ている/（た形）+た」ところです

01 例　書きます　→　書くところです、書いているところです、書いたところです

1）焼きます　→ ＿＿＿＿

2）探します　→ ＿＿＿＿

3）入ります　→ ＿＿＿＿

4）聞きます　→ ＿＿＿＿

5）使います　→ ＿＿＿＿

6）やります　→ ＿＿＿＿

7）数えます　→ ＿＿＿＿

8）片づけます　→ ＿＿＿＿

9）考えます　→ ＿＿＿＿

10）用意します　→ ＿＿＿＿

02 例　もう宿題をしましたか。（いいえ、これから）

―　いいえ、まだしていません。これからするところです。

1）もうお風呂に入りましたか。（いいえ、ちょうど今から）

―　＿＿＿＿

2）もう明日どこへ行くか決めましたか。（いいえ、今から）

— ______________________________

3）もう持って行く荷物をまとめましたか。（いいえ、これから）

— ______________________________

4）もう壊れたケータイを修理してもらいましたか。（いいえ、今から）

— ______________________________

03 例　今・彼・結婚式の予定・相談します

→　今彼と結婚式の予定を相談しているところです。

1）ちょうど・論文・必要な資料・集めます

→ ______________________________

2）吉田さんは今・大学の先生・電話・かけます

→ ______________________________

3）ちょうど・新しい・仕事・探します

→ ______________________________

4）今・犬・公園・散歩します

→ ______________________________

04 例　山田さんがいませんね。（ええ、さっき帰りました）

—　ええ、さっき帰ったところです。

1）子どもたちはもう寝ましたか。（はい、たった今寝ました）

— ______________________________

2）このスープ、熱そうですね。（ええ、たった今できましたから）

—

3）あのドラマ、まだやっていますか。（いいえ、さっき終わりました）

—

4）眠そうですね。（ええ、今起きましたから）

—

05 例　すみません、今から（　出かけます　→　出かけるところ　）ですから、今は時間がありません。

例　田中さんはちょうど今課長と（　話します　→　話しているところな　）ので、もう少し待っていただけますか。

例　使い方はさっき（　教えてもらいました　→　教えてもらったところな　）のに、もう忘れてしまいました。

1）事故の原因は今（　調べます　→　＿＿＿＿＿＿＿＿　）ですが、時間がかかりそうです。

2）さっき家へ（　帰ります　→　＿＿＿＿＿＿＿＿　）から、まずは少し休みたいです。

3）薬は忘れていませんよ。
これから（　飲みます　→　＿＿＿＿＿＿＿＿　）。

4）パンは今（　焼きます　→　＿＿＿＿＿＿＿＿　）。
あと３分でできます。

5）コンサートがもうすぐ（　始まります　→　＿＿＿＿＿＿＿＿＿＿　）ので、
急いで中に入ってください。

6）静かにしてください。
赤ちゃんが今（　寝ます　→　＿＿＿＿＿＿＿＿＿＿　）から。

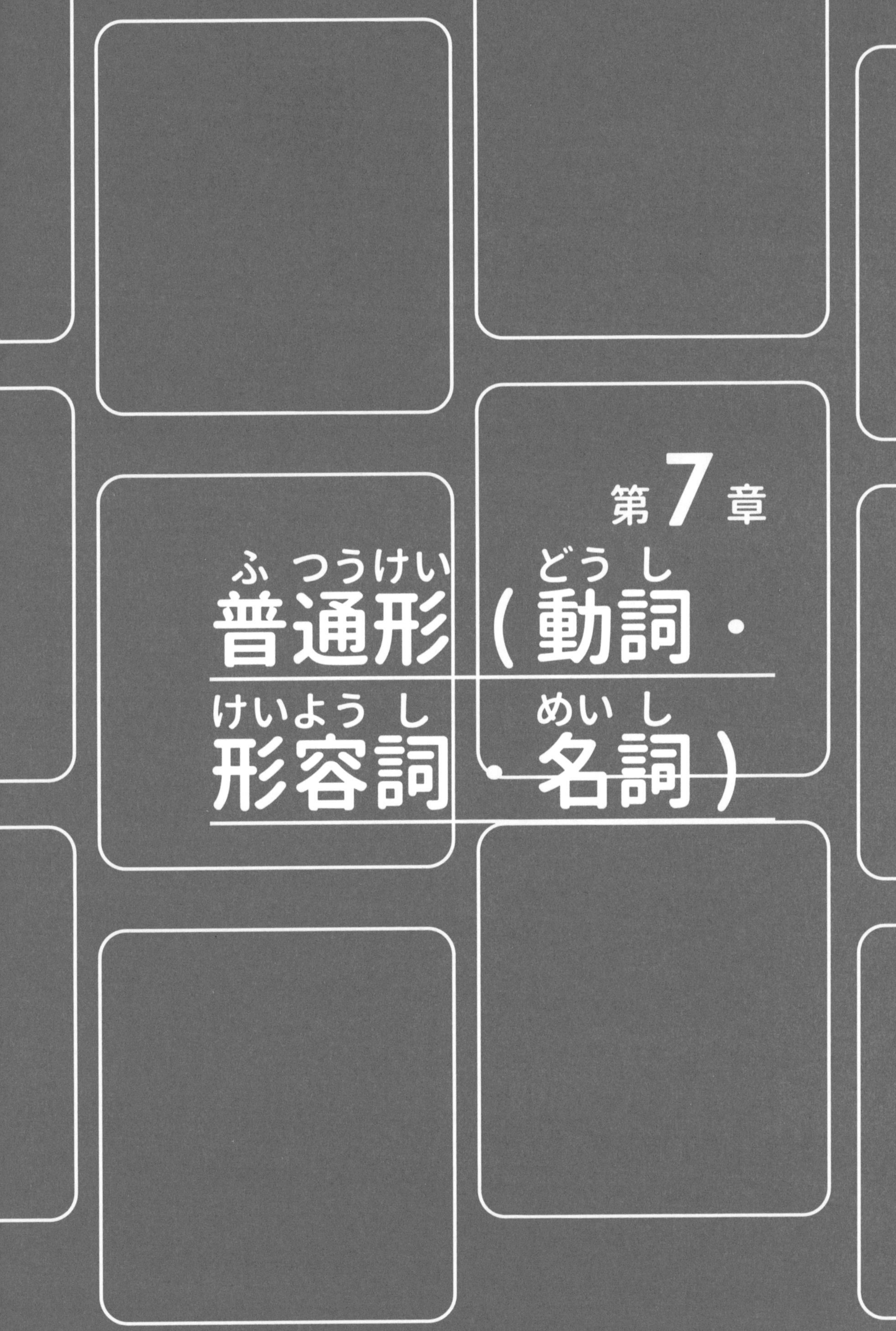

第7章

普通形（動詞・形容詞・名詞）

ふつうけい（どうし・けいようし・めいし）

←王可樂老師的詳細導讀

1 普通形的各類詞性變化方式

動詞

		非過去		過去	
		肯定	否定	肯定	否定
I	例　行きます	行く	行かない	行った	行かなかった
	1）働きます				
	2）飲みます				
	3）あります				
	4）かかります				
	5）手伝います				
	6）使います				
	7）払います				
	8）入ります				
	9）泊まります				
	10）書きます				
	11）なくします				
	12）降ります				
	13）呼びます				
	14）待ちます				
	15）要ります				

II	16) 食(た)べます				
	17) あげます				
	18) います				
	19) 疲(つか)れます				
	20) 降(お)ります				
	21) できます				
	22) 捨(す)てます				
	23) 調(しら)べます				
III	24) します				
	25) 残業(ざんぎょう)します				
	26) 練習(れんしゅう)します				
	27) 来(き)ます				
	28) 持(も)ってきます				

い形容詞(けいようし)・な形容詞(けいようし)・名詞(めいし)

	非過去(ひかこ)		過去(かこ)	
	肯定(こうてい)	否定(ひてい)	肯定(こうてい)	否定(ひてい)
例(れい)　おいしい	おいしい	おいしくない	おいしかった	おいしくなかった
1) 熱(あつ)い				
2) 近(ちか)い				
3) 暖(あたた)かい				
4) 狭(せま)い				
5) 若(わか)い				
6) 明(あか)るい				

7）眠い				
8）いい				
9）欲しい				
例　きれい	きれいだ	きれい じゃない	きれいだった	きれい じゃなかった
10）上手				
11）大変				
12）大丈夫				
例　金曜日	金曜日だ	金曜日 じゃない	金曜日だった	金曜日 じゃなかった
13）学校				
14）休み				
15）大阪				

將以下各句轉為普通形

例　食べたいです　→　食べたい

1）遊びに行きます　→　＿＿＿＿＿＿

2）教えてください　→　＿＿＿＿＿＿

3）話しています　→　＿＿＿＿＿＿

4）入ってもいいです　→　＿＿＿＿＿＿

5）使ってはいけません　→　＿＿＿＿＿＿

6）知っています　→　＿＿＿＿＿＿

7）教えています　→　＿＿＿＿＿＿

8）心配しないでください　→　＿＿＿＿＿＿

9）返（かえ）さなければなりません → ______

10）残業（ざんぎょう）しなくてもいいです → ______

11）歌（うた）うことができます → ______

12）登（のぼ）ったことがあります → ______

13）見（み）たり聞（き）いたりします → ______

14）きれいになりました → ______

2 普通形（文）

01 例　昨日すしを食べました。

→ 昨日すしを食べた。

1）先週宿題をしませんでした。

→

2）あさってもここへ来ます。

→

3）明日、この本は要りません。

→

4）昨日家のエアコンを修理しました。

→

5）来週富士山に登ります。

→

6）今日、ケータイを家に忘れました。

→

7）今晩はお風呂に入りません。

→

8）去年どこへも旅行に行きませんでした。

→

02 例 あの料理はとてもおいしかったです。

→ あの料理はとてもおいしかった。

1）今日はとても眠いです。

→ ______

2）昨日の映画はおもしろくなかったです。

→ ______

3）このコピー機はあまりよくないです。

→ ______

4）ホテルの部屋はとても暗かったです。

→ ______

5）新しい車が欲しいです。

→ ______

6）去年の夏は暑くなかったです。

→ ______

7）このカレーは辛くないです。

→ ______

8）わたしは昨日体の調子が悪かったです。

→ ______

03 例(れい)　昨日(きのう)は雨(あめ)でした。

→　昨日(きのう)は雨(あめ)だった。

1）犬(いぬ)より猫(ねこ)のほうが好(す)きです。

→ ______

2）高橋(たかはし)さんは大丈夫(だいじょうぶ)じゃありませんでした。

→ ______

3）試験(しけん)は大変(たいへん)でした。

→ ______

4）今日(きょう)は休(やす)みじゃありません。

→ ______

5）先生(せんせい)の奥(おく)さんはきれいです。

→ ______

6）兄(あに)は先週(せんしゅう)からあまり元気(げんき)じゃありません。

→ ______

7）昨日(きのう)のお祭(まつ)りはにぎやかでした。

→ ______

8）あの仕事(しごと)は簡単(かんたん)じゃありません。

→ ______

04 例(れい)　早(はや)くここへ来(き)てください。

→　早(はや)くここへ来(き)て。

1）わたしは今(いま)何(なに)も食(た)べたくないです。

→ ＿＿＿＿＿＿＿＿＿＿

2）山田(やまだ)さんはあそこで話(はな)しています。

→ ＿＿＿＿＿＿＿＿＿＿

3）あの部屋(へや)に入(はい)ってはいけません。

→ ＿＿＿＿＿＿＿＿＿＿

4）わたしの家族(かぞく)は大阪(おおさか)に住(す)んでいます。

→ ＿＿＿＿＿＿＿＿＿＿

5）その資料(しりょう)は返(かえ)さなくてもいいです。

→ ＿＿＿＿＿＿＿＿＿＿

6）英語(えいご)の歌(うた)を歌(うた)うことができます。

→ ＿＿＿＿＿＿＿＿＿＿

7）毎日(まいにち)洗濯(せんたく)したり、料理(りょうり)したりしなければなりません。

→ ＿＿＿＿＿＿＿＿＿＿

8）田中(たなか)さんは髪(かみ)の毛(け)が長(なが)くなりました。

→ ＿＿＿＿＿＿＿＿＿＿

05 例

A：昨日は学校が
例　休みでしたね。
どこか 行きましたか。

B：いいえ、
どこも 行きませんでした。
家で映画を 見ました。

A：何を 見ましたか。

B：「作戦B」を 見ました。

A：どうでしたか。

B：「作戦B」は「作戦A」より
おもしろかったです。

A：いいですね。わたしもどこも
行きませんでした。

B：どうしてですか。

A：あさってまでにレポートを
書かなければなりませんから。

B：大変ですね。

A：昨日は学校が
例 休みだったね。
どこか 1）＿＿＿＿＿＿＿＿？

B：2）＿＿＿＿＿＿＿＿＿＿、
どこも 3）＿＿＿＿＿＿＿＿。
家で映画を 4）＿＿＿＿＿＿。

A：何を 5）＿＿＿＿＿＿＿＿？

B：「作戦B」を 6）＿＿＿＿＿＿。

A：7）＿＿＿＿＿＿＿＿＿＿？

B：「作戦B」は「作戦A」より
8）＿＿＿＿＿＿＿＿＿＿。

A：9）＿＿＿＿＿。 わたしもどこも
10）＿＿＿＿＿＿＿＿＿。

B：11）＿＿＿＿＿＿＿＿＿？

A：あさってまでにレポートを
12）＿＿＿＿＿＿＿＿＿。

B：13）＿＿＿＿＿＿＿＿＿

3 表示自己的想法
～（普通形（ふつうけい））と思（おも）います
我覺得（想）～

01

例（れい） 降（ふ）ります → 降（ふ）ると思（おも）います

1）来（き）ません →

2）帰（かえ）りました →

3）食（た）べませんでした →

4）役（やく）に立（た）ちます →

5）勝（か）ちます →

6）行（い）かなければなりません →

7）見（み）たことがあります →

例（れい） おいしいです → おいしいと思（おも）います

8）いいです →

9）速（はや）くないです →

例（れい） にぎやかです → にぎやかだと思（おも）います

10）元気（げんき）じゃありませんでした →

11）便利（べんり）です →

例（れい） 日本人（にほんじん）です → 日本人（にほんじん）だと思（おも）います

12）休（やす）みじゃありません →

13）病気（びょうき）でした →

02 例(れい)　明日(あした)は雨(あめ)が降(ふ)ります。

→　明日(あした)は雨(あめ)が降(ふ)ると思(おも)います。

1）彼(かれ)は来(き)ません。

→ ______

2）誰(だれ)もわかりません。

→ ______

3）A チームが勝(か)ちます。

→ ______

4）来週(らいしゅう)は天気(てんき)がよくなります。

→ ______

5）先生(せんせい)はもう教室(きょうしつ)にいません。

→ ______

6）今年(ことし)の桜(さくら)は去年(きょねん)のよりきれいです。

→ ______

7）デパートは今日(きょう)も人(ひと)が多(おお)いです。

→ ______

8）あの女(おんな)の人(ひと)は大学生(だいがくせい)です。

→ ______

03 例 テストについてどう思いますか。（難しいです。）

— 難しいと思います。

1）日本人についてどう思いますか。（親切です。）

— ______________________________

2）この本はどうですか。（おもしろいです。）

— ______________________________

3）この店の料理はどうですか。（あまりおいしくないです。）

— ______________________________

4）大学の近くは便利ですか。（ええ、便利です。）

— ______________________________

5）最近の子どもについてどう思いますか。（あまり外で遊びません。）

— ______________________________

6）着物を着たことがありますか。（ええ、着物はきれいですが、ちょっと大変です。）

— ______________________________

4 引述說話內容
～（普通形（ふつうけい））と言（い）いました
某人說～

01

例（れい）　あります → あると言（い）いました

1）わかりません → ＿＿＿＿

2）食（た）べません → ＿＿＿＿

3）会（あ）いませんでした → ＿＿＿＿

4）書（か）かなければなりません → ＿＿＿＿

5）勉強（べんきょう）しています → ＿＿＿＿

6）飲（の）んでください → ＿＿＿＿

7）入（はい）りたいです → ＿＿＿＿

例（れい）　遠（とお）い → 遠（とお）いと言（い）いました

8）忙（いそが）しいです → ＿＿＿＿

9）多（おお）かったです → ＿＿＿＿

例（れい）　親切（しんせつ） → 親切（しんせつ）だと言（い）いました

10）好（す）きです → ＿＿＿＿

11）上手（じょうず）じゃありません → ＿＿＿＿

例（れい）　あの駅（えき）です → あの駅（えき）だと言（い）いました

12）雨（あめ）でした → ＿＿＿＿

13）休（やす）みじゃありません → ＿＿＿＿

02 例　先生：今日は宿題がありません。

→ 先生は今日は 宿題がないと言いました。

1）田中さん：今日の晩ご飯はカレーです。

→ ＿＿＿＿＿＿＿＿＿＿

2）山田さん：台湾料理が好きです。

→ ＿＿＿＿＿＿＿＿＿＿

3）佐藤さん：今日は学校を休みたいです。

→ ＿＿＿＿＿＿＿＿＿＿

4）高橋さん：明日は映画を見に行きたくないです。

→ ＿＿＿＿＿＿＿＿＿＿

5）鈴木さん：今日はとても疲れました。

→ ＿＿＿＿＿＿＿＿＿＿

6）山下さん：これは本当に役に立ちます。

→ ＿＿＿＿＿＿＿＿＿＿

5 確認
～（普通形）でしょう？
～吧？

01

例　見ました → 見たでしょう？

1）泊まります →

2）ありません →

3）聞いたことがあります →

4）食べに行きます →

5）来ませんでした →

6）大きくなりました →

7）来たくないです →

例　難しいです → 難しいでしょう？

8）高くないです →

9）寒かったです →

例　有名です → 有名でしょう？

10）不便です →

11）有名じゃありませんでした →

例　英語の本です → 英語の本でしょう？

12）誕生日でした →

13）大阪じゃありません →

02 例　明日（あした）は雨（あめ）が降（ふ）ります

→　明日（あした）は雨（あめ）が降（ふ）るでしょう？

1）来週（らいしゅう）の火曜日（かようび）は休（やす）みです。

→ ______

2）先生（せんせい）も来（き）ます。

→ ______

3）仕事（しごと）は大変（たいへん）でした。

→ ______

4）あの店（みせ）の料理（りょうり）はおいしかったです。

→ ______

5）東京（とうきょう）は本当（ほんとう）におもしろい所（ところ）です。

→ ______

6）明日（あした）もこの本（ほん）を持（も）っていきます。

→ ______

説明原因・確認理由
～（普通形）んです

01

		非過去		過去	
		肯定	否定	肯定	否定
I	例　行きます	行くんです	行かないんです	行ったんです	行かなかったんです
	1）ありります				
	2）やります				
	3）吸います				
	4）勝ちます				
	5）脱ぎます				
	6）呼びます				
	7）着きます				
	8）渡ります				
	9）役に立ちます				
	10）飲みます				
	11）要ります				
	12）払います				
	13）遊びます				
	14）聞きます				
	15）乗ります				

II	16）遅(おく)れます				
	17）忘(わす)れます				
	18）出(で)かけます				
	19）生(う)まれます				
	20）乗(の)り換(か)えます				
	21）浴(あ)びます				
	22）始(はじ)めます				
	23）捨(す)てます				
III	24）します				
	25）連絡(れんらく)します				
	26）残業(ざんぎょう)します				
	27）来(き)ます				
	28）連(つ)れてきます				

	非過去(ひかこ)		過去(かこ)	
	肯定(こうてい)	否定(ひてい)	肯定(こうてい)	否定(ひてい)
例(れい)　痛(いた)い	痛(いた)いんです	痛(いた)くないんです	痛(いた)かったんです	痛(いた)くなかったんです
1）眠(ねむ)い				
2）寂(さび)しい				
3）悪(わる)い				
4）欲(ほ)しい				
5）狭(せま)い				
6）高(たか)い				
7）暑(あつ)い				

8）おもしろい				
9）気分がいい				
例　不便	不便なんです	不便じゃないんです	不便だったんです	不便じゃなかったんです
10）好き				
11）静か				
12）にぎやか				
例　病気	病気なんです	病気じゃないんです	病気だったんです	病気じゃなかったんです
13）休み				
14）故障				
15）誕生日				

01

例　遊びに行きます	→	遊びに行くんです
1）買いたいです	→	
2）やっています	→	
3）住んでいます	→	
4）食べてもいいです	→	
5）残業しなければなりません	→	
6）入ることができます	→	
7）行ったことがあります	→	
8）高くなりました	→	
9）手伝ってくれました	→	

02 例 → 出かけるんですか。

1）→ ______

2）→ ______

3）→ ______

4）→ ______

5）→ ______

6）→ ______

03 例 大きい荷物、どこ・行きます － オーストラリア

→ 大きい荷物ですね。どこへ行くんですか。

－ オーストラリアへ行きます。

1）人が多い・何・やっています　－　夏祭り

→ ______________________________

— ______________________________

2）大きい車・何人・乗ることができます　－　８人

→ ______________________________

— ______________________________

3）長いメール・誰・送ります　－　会社の人

→ ______________________________

— ______________________________

4）きれいな服・どこ・売っていましたか　－　東京のデパート

→ ______________________________

— ______________________________

5）おもしろい絵・誰・かきました　－　大学の友達

→ ______________________________

— ______________________________

6）新しいパソコン・いつ・買いました　－　１週間前

→ ______________________________

— ______________________________

04 例　どうして　…　？　→　バスが来ませんでしたから

→　　どうして遅れたんですか。

ー　　バスが来なかったんです。

1）どうして　…　？　→　このパソコンは安かったですから

→ ______________________

ー ______________________

2）どうして　…　？　→　体の調子がよくなかったですから

→ ______________________

ー ______________________

3）どうして　…　？　→　今日は子どもの誕生日ですから

→ ______________________

ー ______________________

4）どうして　…　？　→　家に財布を忘れましたから

→ ______________________

ー ______________________

05 例　日本へ行ったことがありますか。

ー　はい　日本が好きですから

→　　はい、あります。日本が好きなんです。

1）100 万円あったら、外国へ旅行に行きますか。

— いいえ　新しい車が欲しいですから

→ ______________________________

2）田中さんに料理を手伝ってもらいましたか。

— はい　田中さんは料理が上手ですから

→ ______________________________

3）あのパソコンを使ってもいいですか。

— すみません、ちょっと…。　修理しなければなりませんから

→ ______________________________

4）お子さんと一緒に住んでいますか。

— いいえ　子どもは東京の大学で勉強していますから

→ ______________________________

06　例　京都へ（　行きます　→　行くんですが　）、（　A　）。

1）東京へ（　行きたいです　→　　　　　　　）、（　　　）。

2）エアコンの調子が（　よくないです　→　　　　　　　）、（　　　）。

3）ケータイの使い方が（　わかりません　→　　　　　　　）、（　　　）。

4）林さんが（　来ません　→　　　　　　　）、（　　　）。

5）来週は友達の（　誕生日です　→　　　　　　　）、（　　　）。

6）大切なものを（　なくしました　→　　　　　　　）、（　　　）。

選択肢

~~A　どこで乗り換えたらいいですか~~

B　どうしたらいいですか

C　ちょっと教えていただけませんか

D　修理していただけませんか

E　何をあげたらいいと思いますか

F　どのバスに乗ったらいいですか

G　電話していただけませんか

7 列舉多項原因

Aは～（普通形(ふつうけい)）し、…（普通形(ふつうけい)）し

A不但～，而且…

01

例(れい)　あります　→　あるし

1）ありません　→　＿＿＿＿

2）できます　→　＿＿＿＿

3）できません　→　＿＿＿＿

4）来(き)ます　→　＿＿＿＿

5）来(き)ません　→　＿＿＿＿

6）書(か)かなければなりません　→　＿＿＿＿

7）出(だ)さなくてもいいです　→　＿＿＿＿

例(れい)　高(たか)いです　→　高(たか)いし

8）ちょうどいいです　→　＿＿＿＿

9）おもしろいです　→　＿＿＿＿

例(れい)　にぎやかです　→　にぎやかだし

10）好(す)きです　→　＿＿＿＿

11）まじめじゃありませんでした　→　＿＿＿＿

例(れい)　外(そと)です　→　外(そと)だし

12）雨(あめ)です　→　＿＿＿＿

13）休(やす)みじゃありません　→　＿＿＿＿

02 例 父は若いです・話がおもしろいです・まじめです

→ 父は若いし、話もおもしろいし、それにまじめです。

1）この近くは交通が便利です・いろいろな店があります・にぎやかです

→ ______________________________

2）山田さんは親切です・仕事熱心です・何でも知っています

→ ______________________________

3）このパソコンは新しいです・小さい・使い方が簡単です

→ ______________________________

4）あの店は何でも売っています・サービスがいいです・値段が安いです

→ ______________________________

03 例 今日は 気分も悪いし 、 頭も痛いし 、学校へ行きません。

1）このケータイは____________、____________、
よく売れています。

2）先生は____________、____________、
学生に人気があります。

3）あの会社は____________、____________、
わたしはあの会社で働きたいです。

4）この近くは____________、____________、
早く引越ししたいです。

5）今日は____________、____________、家にいます。

6）昨日のお花見は＿＿＿＿＿＿＿＿、＿＿＿＿＿＿＿＿、
ちょっと残念でした。

選択肢　~~気分が悪いです　頭が痛いです~~
宿題がたくさんあります　給料がいいです　花が少なかったです
おもしろい店がありません　何でもできます　雨が降っています
便利です　学校から遠いです　話がおもしろいです
雨が降っていました　休みが多いです　教え方が上手です

機率性推測　1
～（普通形（ふつうけい））でしょう
～吧

01

例　わかります　→　わかるでしょう

1）やみます　→　________

2）込（こ）みません　→　________

3）降（ふ）ります　→　________

4）すきます　→　________

5）なりません　→　________

6）晴（は）れます　→　________

7）来（き）ません　→　________

例（れい）　楽（たの）しいです　→　楽（たの）しいでしょう

8）寒（さむ）いです　→　________

9）よくないです　→　________

例　にぎやかです　→　にぎやかでしょう

10）きれいです　→　________

11）簡単（かんたん）じゃありません　→　________

例　いい天気（てんき）です　→　いい天気でしょう

12）雪（ゆき）です　→　________

13）雨（あめ）じゃありません　→　________

02 例　今日の午後は（　寒くなります　→　寒くなるでしょう　）。

1）来週はずっと（　雨が降りません　→　　　　　　　　）。

2）九州でもあの星が（　見えます　→　　　　　　　　）。

3）今年の夏は去年より（　暑いです　→　　　　　　　　）。

4）夕方から雪が（　強くなります　→　　　　　　　　）。

5）明日も（　いい天気です　→　　　　　　　　）。

6）明日はあまり雲が（　多くないです　→　　　　　　　　）。

03 例　田中さんは１人で ＿大丈夫でしょうか＿ 。
－　この仕事をしたことがありますから、＿大丈夫でしょう＿ 。

例　電車は人が ＿多いでしょうか＿ 。
－　今日は平日ですから、＿多くないでしょう＿ 。

1）明日はきれいな星が ＿＿＿＿＿＿＿＿＿＿ 。
－　雲が多いですから、＿＿＿＿＿＿＿＿＿＿ 。

2）山田さんは明日の会議に ＿＿＿＿＿＿＿＿＿＿ 。
－　ええ、大切な会議ですから、＿＿＿＿＿＿＿＿＿＿ 。

3）あの教室が ＿＿＿＿＿＿＿＿＿＿ 。
－　修理の人が来ていましたから、今日は ＿＿＿＿＿＿＿＿＿＿ 。

4）学生はこの漢字の読み方が ＿＿＿＿＿＿＿＿＿＿ 。
－　勉強したことがありませんから、＿＿＿＿＿＿＿＿＿＿ 。

5）あのレストランは小さい子どもも ＿＿＿＿＿＿＿＿＿＿＿＿＿＿。

ー　子どもの料理もありますから、＿＿＿＿＿＿＿＿＿＿＿＿＿＿。

6）後ろまで声が ＿＿＿＿＿＿＿＿＿＿＿＿＿＿。

ー　大きい声で話しますから、＿＿＿＿＿＿＿＿＿＿＿＿＿＿。

選択肢　~~大丈夫です~~　~~多いです~~　入れます　使えます
聞こえます　来ます　わかります　見られます

9 機率性推測 2
～（普通形）かもしれません
也許～，說不定～

01 例 見ます → 見るかもしれません

1）できます →

2）ありません →

3）降りません →

4）食べます →

5）来ます →

6）悪くなります →

7）使えます →

例 安いです → 安いかもしれません

8）高いです →

9）難しくないです →

例 不便 → 不便かもしれません

10）暇です →

11）有名じゃありません →

例 あそこです → あそこかもしれません

12）日本人です →

13）休みじゃありません →

02 例 明日(あした)はサッカーの試合(しあい)がありますが、
雨(あめ)が（ 降(ふ)ります → 降(ふ)るかもしれません ）。

1）あのパソコンは人気(にんき)がありますから、
もう店(みせ)に（ ありません → ）。

2）明日(あした)は今日(きょう)よりも（ 寒(さむ)くなります → ）。

3）陳(ちん)さんはもう国(くに)へ（ 帰(かえ)りました → ）。

4）道(みち)が込(こ)んでいますから、
時間(じかん)に（ 間(ま)に合(あ)いません → ）。

5）結婚式(けっこんしき)ですから、その服(ふく)は
あまり（ よくないです → ）。

6）このコピー機(き)、昨日(きのう)から使(つか)えません。（ 故障(こしょう)です → ）。

03 例 この宿題(しゅくだい)は難(むずか)しいです
→ この宿題(しゅくだい)は難(むずか)しいかもしれませんから、（ A ）。

1）もう桜(さくら)がありません
→ ＿＿＿＿＿＿＿＿＿＿＿＿＿＿＿＿、（ ）。

2）パソコンが壊(こわ)れてしまいました
→ ＿＿＿＿＿＿＿＿＿＿＿＿＿＿＿＿、（ ）。

3）風邪(かぜ)をひきました
→ ＿＿＿＿＿＿＿＿＿＿＿＿＿＿＿＿、（ ）。

4）切符はすぐに売れてしまいます

→ ＿＿＿＿＿＿＿＿＿＿＿＿＿＿＿＿＿＿＿＿＿＿＿＿、（　　）。

5）大きい荷物があると大変です

→ ＿＿＿＿＿＿＿＿＿＿＿＿＿＿＿＿＿＿＿＿＿＿＿＿、（　　）。

6）午後から雨が降ります

→ ＿＿＿＿＿＿＿＿＿＿＿＿＿＿＿＿＿＿＿＿＿＿＿＿、（　　）。

選択肢

~~A 兄に手伝ってもらおうと思います~~

B 1人で行かないほうがいいです

C 今晩病院へ行きます

D 今年はお花見に行きません

E 傘を持っていったほうがいいですよ

F 午後修理の店へ持っていくつもりです

G 今日買っておきましょう

10 動詞／形容詞的名詞化

A．～（普通形(ふつうけい)）のを

01 例(れい) 話(はな)します → 話(はな)すのを

1）切(き)ります → ＿＿＿＿

2）歌(うた)います → ＿＿＿＿

3）聞(き)きます → ＿＿＿＿

4）あります → ＿＿＿＿

5）買(か)います → ＿＿＿＿

6）片付(かたづ)けます → ＿＿＿＿

7）閉(し)めます → ＿＿＿＿

8）入(い)れます → ＿＿＿＿

9）来(き)ます → ＿＿＿＿

10）連絡(れんらく)します → ＿＿＿＿

02 例　田中さん・お子さん・生まれました

→ 田中さんにお子さんが生まれたのを　知っていますか。

1）林さん・お祭り・参加しません

→ ______

2）上田さん・かわいい犬・飼っています

→ ______

3）明日・英語の授業・ありません

→ ______

4）先生・今・アメリカ・住んでいます

→ ______

5）この本・世界中・読まれています

→ ______

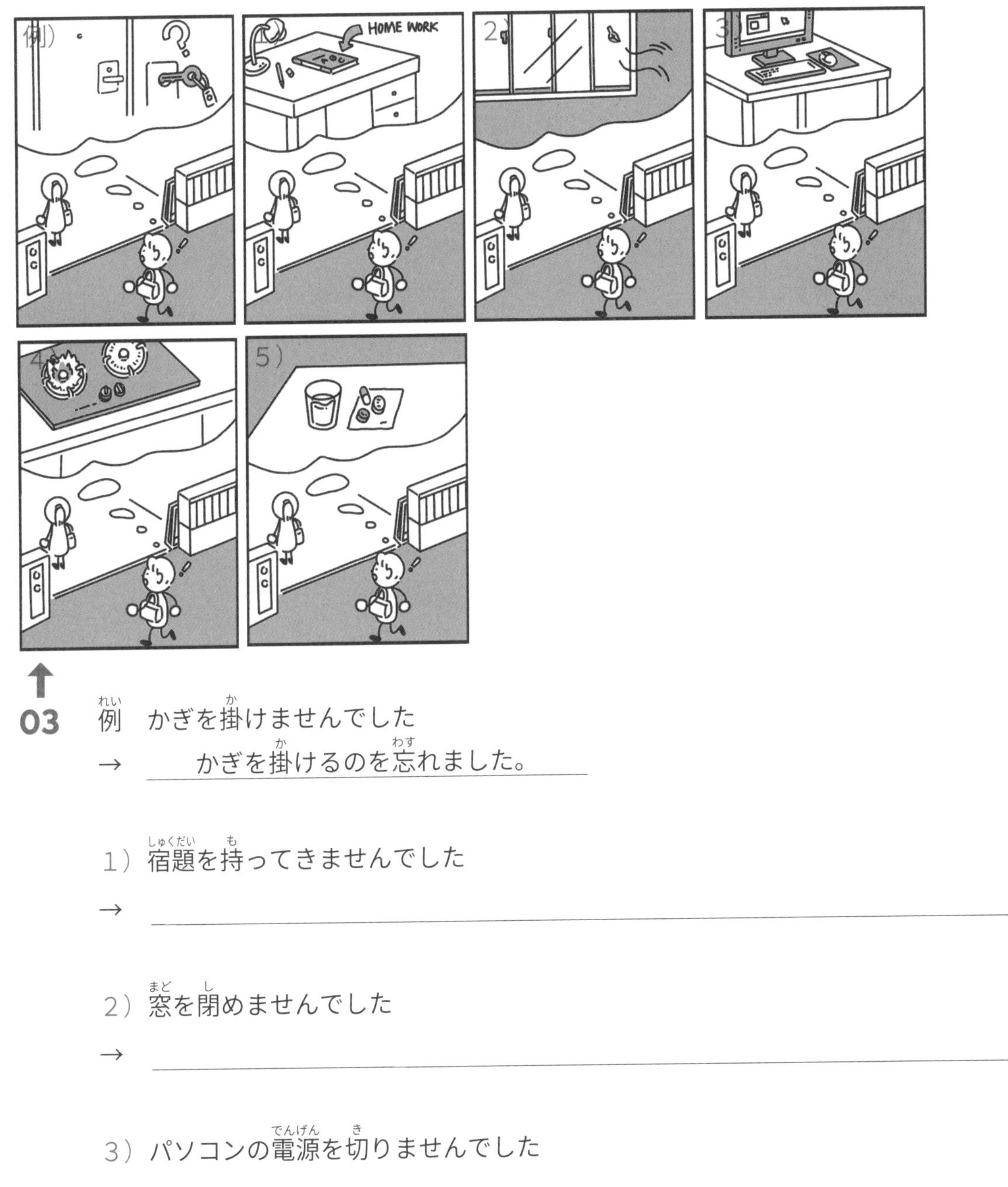

03

例　かぎを掛けませんでした

→ かぎを掛けるのを忘れました。

1）宿題を持ってきませんでした

→ ＿＿＿＿＿＿＿＿＿＿

2）窓を閉めませんでした

→ ＿＿＿＿＿＿＿＿＿＿

3）パソコンの電源を切りませんでした

→ ＿＿＿＿＿＿＿＿＿＿

4）ガスの火を消しませんでした

→ ＿＿＿＿＿＿＿＿＿＿

5）薬を飲みませんでした

→ ＿＿＿＿＿＿＿＿＿＿

B. ～（普通形）のは…
～是…

01

例	見ます	→	見るのは
1）	行きました	→	
2）	書きます	→	
3）	使いません	→	
4）	買えます	→	
5）	読めませんでした	→	
6）	見たことがあります	→	
7）	住んでいます	→	
例	おもしろいです	→	おもしろいのは
8）	忙しいです	→	
9）	よくないです	→	
例	にぎやかです	→	にぎやかなのは
10）	大変です	→	
11）	親切じゃありません	→	
例	中国語		中国語なのは
12）	日本人じゃありません	→	
13）	休みです	→	

02 例 今いちばん欲しいです・赤いかばん

→ 今いちばん欲しいのは赤いかばんです。

1）教室の前で先生と話しています・わたしの父

→ ＿＿＿＿＿＿＿＿

2）この写真を撮りました・10 年前

→ ＿＿＿＿＿＿＿＿

3）ここに置いてあります・弟の自転車

→ ＿＿＿＿＿＿＿＿

4）わたしが住んでいました・京都

→ ＿＿＿＿＿＿＿＿

03 例 山田さんが話しているんですか。（上田さん）

— いいえ、話しているのは上田さんです。

1）先生も会議に出席するんですか。（学生だけ）

— いいえ、＿＿＿＿＿＿＿＿

2）４月に大学に入りましたか。（９月）

— いいえ、＿＿＿＿＿＿＿＿

3）毎日英語の本を読んでいるんですか。（ドイツ語の本）

— いいえ、＿＿＿＿＿＿＿＿

4）ヨーロッパへ行きたいんですか。（アメリカ）

— いいえ、＿＿＿＿＿＿＿＿

11 表示原因
～（普通形(ふつうけい)）ので、…
因為～，所以…

01

例(れい)　行(い)きます　→　行(い)くので

1）ありました　→　＿＿＿＿＿＿

2）なります　→　＿＿＿＿＿＿

3）聞(き)こえました　→　＿＿＿＿＿＿

4）読(よ)みませんでした　→　＿＿＿＿＿＿

5）来(き)ます　→　＿＿＿＿＿＿

6）しなければなりません　→　＿＿＿＿＿＿

7）できます　→　＿＿＿＿＿＿

例(れい)　おいしいです　→　おいしいので

8）いいです　→　＿＿＿＿＿＿

9）忙(いそが)しくなかったです　→　＿＿＿＿＿＿

例(れい)　複雑(ふくざつ)です　→　複雑(ふくざつ)なので

10）上手(じょうず)じゃありません　→　＿＿＿＿＿＿

11）邪魔(じゃま)です　→　＿＿＿＿＿＿

例(れい)　ここです　→　ここなので

12）休(やす)みでした　→　＿＿＿＿＿＿

13）誕生日(たんじょうび)です　→　＿＿＿＿＿＿

02 例 来週は用事がありません・一緒に出かけましょう。

→ 来週は用事がないので、一緒に出かけましょう。

1）駅から近くて便利です・この辺のアパートは高いです

→

2）ちょっと調べたいことがあります・パソコンを借りてもいいですか

→

3）バスの時間に間に合いませんでした・会社に遅れてしまいました

→

4）来週はずっと忙しいです・どこも行けません

→

5）教室に宿題を忘れてしまいました・取りに来ました

→

6）気分がよくなかったです・早く家へ帰りました

→

12 表示間接疑問
①疑問詞（ぎもんし） + ～（普通形（ふつうけい））か、…
②～（普通形（ふつうけい））かどうか、…
是不是～呢？

01

例（れい） 行（い）きます → 行（い）くか、行（い）くかどうか

1）行（い）きました →

2）測（はか）ります →

3）合（あ）います →

4）到着（とうちゃく）しました →

5）うまくいきます →

6）出（で）ました →

7）知（し）っています →

例（れい） いいです → いいか、いいかどうか

8）正（ただ）しいです →

9）おもしろいです →

例（れい） 必要（ひつよう）です → 必要（ひつよう）か、必要（ひつよう）かどうか

10）好（す）きです →

11）邪魔（じゃま）です →

例（れい） 明日（あした）です → 明日（あした）か、明日（あした）かどうか

12）日曜日（にちようび）です →

13）雨（あめ）です →

02 例 新年会はどこでやりますか・わかりません

→ 新年会はどこでやるか、わかりません。

1）どうやって空港まで行きますか・調べておきましょう

→ ______

2）今年の大会に誰が出ましたか・ここに書いてください

→ ______

3）今日どんなことがありましたか・ニュースを見ましょう

→ ______

4）彼女の誕生日に何をあげたらいいですか・教えてください

→ ______

5）この近くにどんな店がありますか・見に行きたいです

→ ______

6）先生がどこに住んでいますか・知っていますか

→ ______

03 例 会議の時間に間に合いますか・田中さんに聞いてください

→ 会議の時間に間に合うかどうか、田中さんに聞いてください。

1）必要なものを忘れていませんか・もう一度確認しましょう

→ ______

2）ビールが足りていますか・ちょっと見に行きます

→ ______

3）明日はいい天気ですか・心配です

→ ______________________________

4）田中さんが結婚していますか・誰も知りません

→ ______________________________

5）佐藤さんが中国語が話せますか・わかりますか

→ ______________________________

6）彼の話がほんとうですか・確かめましょう

→ ______________________________

04 例　飛行機代がいくら（　かかったか　）、教えてください。

例　（　健康かどう　）か、時々病院で診てもらったほうがいいです。

1）明日の試合が雨でも（　　　　　　　　　　）、早く知りたいです。

2）何時に会議が（　　　　　　　　　　）、わかりません。

3）レポートの中に間違えが（　　　　　　　　　　）、少し心配です。

4）誕生日にどんなケーキを（　　　　　　　　　　）、考えておいてください。

5）どうして彼女がここへ（　　　　　　　　　　）、知っていますか。

6）今日はここから富士山が（　　　　　　　　　　）、わかりません。

7）警察の人にナイフなどを（　　　　　　　　　　）、聞かれました。

8）子どもはどこへ（　　　　　　　　　　）、言いませんでした。

選択肢　~~かかりました~~　~~健康です~~
来ませんでした　あります　遊びに行きます　終わります
ありません　持っていません　買ったらいいです　見えます

13 說明狀況
～（普通形）場合は、…
～的時候，…

01

例　遅れました　→　遅れた場合は

1）わかりません　→

2）行きます　→

3）足りません　→

4）遅れます　→

5）来ました　→

6）キャンセルします　→

7）悪くなりました　→

例　暑いです　→　暑い場合は

8）痛いです　→

9）いいです　→

例　複雑　→　複雑な場合は

10）だめです　→

11）必要です　→

例　休みです　→　休みの場合は

12）地震です　→

13）中止です　→

02 例　遅れます・先に電話してください

→　遅れる場合は、先に電話してください。

1）パスポートをなくしました・どうしたらいいですか

→ ____________________

2）日本で結婚式に呼ばれました・何を着ていけばいいですか

→ ____________________

3）外国へ留学したいです・誰に相談しますか

→ ____________________

4）病気です・どこの病院で診てもらいますか

→ ____________________

5）出発の時間に間に合いません・わたしに言ってください

→ ____________________

6）調子がよくないです・休んでもいいです

→ ____________________

14 表示逆接（抱怨語氣）
～（普通形(ふつうけい)）のに、…
明明～，卻…

01

例(れい)　やりました　→　やったのに

1）ありあります　→　＿＿＿＿
2）ありません　→　＿＿＿＿
3）いただきました　→　＿＿＿＿
4）入(い)れました　→　＿＿＿＿
5）行(い)ったことがありません　→　＿＿＿＿
6）勉強(べんきょう)しています　→　＿＿＿＿
7）気(き)をつけていました　→　＿＿＿＿

例(れい)　忙(いそが)しいです　→　忙(いそが)しいのに

8）おもしろくないです　→　＿＿＿＿
9）おいしいです　→　＿＿＿＿

例(れい)　複雑(ふくざつ)です　→　複雑(ふくざつ)なのに

10）元気(げんき)です　→　＿＿＿＿
11）暇(ひま)じゃありませんでした　→　＿＿＿＿

例(れい)　日曜日(にちようび)です　→　日曜日(にちようび)なのに

12）10月(がつ)です　→　＿＿＿＿
13）休(やす)みでした　→　＿＿＿＿

02 例 この会社はとても忙しいです・給料がよくないです

→ この会社はとても忙しいのに、給料がよくないです。

1）薬を飲みました・風邪がよくなりません

→ ______

2）鍵をかけていました・変な人に部屋に入られました

→ ______

3）連休中です・仕事をしなければなりません

→ ______

4）パスポートが必要でした・持っていくのを忘れてしまいました

→ ______

5）寒いです・あの人は上着を着ていません

→ ______

6）用事があります・今晩のパーティーに「行ける」と言ってしまいました

→ ______

03 例 バスの時間に間に合いましたか。

— いいえ、急いだのに、間に合いませんでした。

1）風邪は治りましたか。

— いいえ、______、熱が下がらないんです。

2）この本、どんな話でしたか。

— えーっと、______、忘れてしまいました。

3）彼は昨日のパーティーに来ましたか。

ー　いいえ、＿＿＿＿＿＿＿＿＿＿＿＿＿＿＿、来ませんでした。

4）あのレストラン、おいしいんですか。

ー　そうですね、いつも人が多いですね。＿＿＿＿＿＿＿＿＿＿＿＿。

5）今日は外がにぎやかですね。

ー　ええ、＿＿＿＿＿＿＿＿＿＿＿＿＿＿＿＿、うるさくて寝られません。

6）明日も来なければなりませんか。

ー　いいえ、わたしは＿＿＿＿＿＿＿＿＿＿＿＿＿＿＿、
来なくてもいいと言われましたよ。

選択肢　~~急ぎました~~　皆楽しみにしていました　薬を飲みました
まだ仕事がたくさんあります　ゆっくりしたいです
料理は普通です　昨日読みました

15 憑事實推測

～（普通形）はずです

應該～吧？

01

例 飲みます → 飲むはずです

1）食べません →

2）届きます →

3）もらいました →

4）見たことがあります →

5）わかりません →

6）教えてもらいました →

7）参加できません →

例 つまらないです → つまらないはずです

8）いいです →

9）難しくないです →

例 丈夫です → 丈夫なはずです

10）上手です →

11）安全じゃありません →

例 ほんとうです → ほんとうのはずです

12）留守です →

13）昨日でした →

02 例 佐藤さんは何時に事務所に戻りますか。（3時に戻ります。）
— 3時に戻るはずです。

1）次のバスは何時に来ますか。（4時半に来ます。）
— ____________________

2）山田さんは料理が上手ですか。（ええ、上手です。）
— ____________________

3）木村さんのお仕事を知っていますか。（ええ、木村さんは医者です。）
— ____________________

4）新しいケータイの使い方は難しいですか。（いいえ、難しくないです。）
— ____________________

5）隣のクラスの授業はもう終わりましたか。（ええ、もう終わりました。）
— ____________________

6）あの会社の商品はいいですか。（いいえ、あまりよくないです。）
— ____________________

03 例 …、チョコレートが好きです
→ （ A ）、チョコレートが好きなはずです。

1）…、田中さんは遊びに行きません
→ （　　）、____________________。

2）…、旅行に持っていくお金は足ります
→ （　　）、____________________。

3）…、元気です

→　　（　　）、＿＿＿＿＿＿＿＿＿＿＿＿＿＿＿＿。

4）…、まだいろいろな所へ遊びに行ったことがありません

→　　（　　）、＿＿＿＿＿＿＿＿＿＿＿＿＿＿＿＿。

5）…、この問題は難しくないです

→　　（　　）、＿＿＿＿＿＿＿＿＿＿＿＿＿＿＿＿。

6）…、仕事が忙しいです

→　　（　　）、＿＿＿＿＿＿＿＿＿＿＿＿＿＿＿＿。

選択肢

~~A　毎日食べていますから~~
B　レポートの締め切りは明日だと言っていたので
C　隣のうちの人はいつも夜遅くに帰ってくるので
D　小さい子どもでもわかるので
E　お土産はあまり買わないつもりなので
F　おばあさんはいつも公園で運動しているので
G　陳さんは先週日本へ来たばかりなので

16 表示傳聞
～（普通形（ふつうけい））そうです
聽說～

01
例（れい） 降（ふ）ります → 降（ふ）るそうです

1）勝（か）ちました →
2）ありました →
3）なります →
4）行（い）きませんでした →
5）持（も）っています →
6）したいです →
7）来（き）ます →

例（れい） 難（むずか）しい → 難（むずか）しいそうです

8）厳（きび）しいです →
9）使（つか）いやすいです →

例（れい） 親切（しんせつ）です → 親切（しんせつ）だそうです

10）きれいです →
11）危険（きけん）じゃありません →

例（れい） 嘘（うそ）です → 嘘（うそ）だそうです

12）雨（あめ）です →
13）反対（はんたい）でした →

02 例 先生は結婚しました

→ 先生は結婚したそうです。

1）また物価が上がります

→ ____________________

2）父は入院しました

→ ____________________

3）明日ここでパーティーが行われます

→ ____________________

4）今年の冬はとても寒いです

→ ____________________

5）昨日のお祭りはとてもにぎやかでした

→ ____________________

6）課長はこの計画に賛成です

→ ____________________

03 例　手紙によると、田中さんは来年結婚するそうです。

1）→ __________

2）→ __________

3）→ __________

4）→ __________

17 憑感覺推測

～（普通形(ふつうけい)）ようです
（總覺得）好像～

01

例(れい) 行(い)きます	→	行(い)くようです
1）終(お)わりました	→	
2）あります	→	
3）いません	→	
4）忘(わす)れてしまいました	→	
5）出(で)かけています	→	
6）成功(せいこう)しませんでした	→	
7）来(き)ません	→	
例(れい) いいです	→	いいようです
8）おもしろくないです	→	
9）調子(ちょうし)がいいです	→	
例(れい) 上手(じょうず)です	→	上手(じょうず)なようです
10）好(す)きです	→	
11）簡単(かんたん)でした	→	
例(れい) 休(やす)みです	→	休(やす)みのようです
12）ほんとうです	→	
13）忘(わす)れ物(もの)です	→	

02 例 事故がありました

→ 事故があったようです。

1）醤油を入れすぎました

→

2）部屋に誰もいません

→

3）このパソコンは故障しています

→

4）外は風が強いです

→

5）山田さんはスポーツが好きです

→

6）あの話はほんとうです

→

03

例　変な音がしますね。（　どうも故障です　）
—　ええ、どうも故障のようです。

1）今日の王さんの服、とてもきれいですね。（　どうも彼に会いに行きます　）
—

2）熱が高いですね。（　どうもインフルエンザです　）
—

3）ポストにいろいろなものが入っていますね。
（　この部屋の人はずっと家へ帰っていません　）
—

4）皆泣いていますね。（　映画はとてもよかったです　）
—

第8章 可能形（かのうけい）

←王可樂老師的詳細導讀

1 三種動詞的可能形變化方式

Ⅰグループ

い段音＋ます → え段音＋ます

例：買います → 買えます　遊びます → 遊べます

Ⅱグループ

～ます → ～られます

例：食べます → 食べられます　寝ます → 寝られます

Ⅲグループ

します → できます

来ます → 来られます

	ます	可能形	
Ⅰ	例　飼います	飼えます	飼える
	1）走ります		
	2）申し込みます		
	3）行きます		
	4）歩きます		
	5）脱ぎます		
	6）出します		

	7）言(い)います		
	8）持(も)ちます		
	9）取(と)ります		
	10）書(か)きます		
II	11）寝(ね)ます		
	12）教(おし)えます		
	13）います		
	14）起(お)きます		
	15）借(か)ります		
III	16）します		
	17）参加(さんか)します		
	18）来(き)ます		

2 應用練習

01 例(れい) 漢字(かんじ)を読(よ)むことができます

→ 漢字(かんじ)が読(よ)めます。

例(れい) 1人(ひとり)で行(い)くことができません

→ 1人(ひとり)で行(い)けません。

1）難(むずか)しい漢字(かんじ)を書(か)きます

→

2）会議(かいぎ)に参加(さんか)することができます

→

3）この店(みせ)で安(やす)い服(ふく)を買(か)うことができます

→

4）中華料理(ちゅうかりょうり)を作(つく)ることができます

→

5）明日(あした)も来(く)ることができます

→

6）お酒(さけ)を飲(の)むことができません

→

7）さしみを食(た)べることができません

→

8）1人(ひとり)で旅行(りょこう)に行(い)くことができません

→ ______

9）土曜日は休むことができません

→ ______

10）英語を話すことができません

→ ______

02

例　どこ・おいしい日本料理・食べます　ー　「日本料理桜」

→　どこでおいしい日本料理が食べられますか。

ー　「日本料理桜」で食べられます。

1）何日までに・レポート・出します　ー　9月2日

→ ______

ー ______

2）何時まで・この会議室・使います　ー　6時ごろ

→ ______

ー ______

3）そのバス・何人・乗ります　ー　45人

→ ______

ー ______

4）どんな・日本料理・作ります　ー　すき焼き

→ ______

ー ______

5）1週間・新しい単語・いくつ・覚えます　ー　30ぐらい

→ ______

ー ______

3 感官動詞：聽／看的可能形

例）　1）　2）　3）　4）

01 例 → 山が見えます。

1）→ ＿＿＿＿＿＿＿＿＿＿

2）→ ＿＿＿＿＿＿＿＿＿＿

3）→ ＿＿＿＿＿＿＿＿＿＿

4）→ ＿＿＿＿＿＿＿＿＿＿

02 例 雲が少なくなりました。ほら、あそこ。星がたくさん（　見えます　）よ。

1）後ろの人、この字はちょっと小さいですが、（　　　　　　）か。

2）Ａ：あ、バスが来ました。あのバスは２００番ですか。
　　Ｂ：遠いですから、番号が（　　　　　　）。

3）あの映画館では、いつも新しい映画が（　　　　　　）。

4）わたしの部屋のテレビは故障しています。
　　部屋で何も（　　　　　　）。

5）隣の家の人は毎日ピアノを練習しています。
毎晩６時ごろから、ピアノの音が（　　　　　　　　　　）。

6）先生は忙しそうで、今日は先生のおもしろい話が（　　　　　　　　　）でした。

7）教室はいつもとてもにぎやかです。
友達は声が小さいので、彼女の声は全然（　　　　　　　　）。

8）ラジオはとても便利です。
いつでも好きな音楽やニュースが（　　　　　　　　　）。

選択肢　見えます　見えません　見られます　見られません
聞こえます　聞こえません　聞けます　聞けません

第9章

意向形（いこうけい）

←王可樂老師的詳細導讀

1 三種動詞的意向形變化方式

Iグループ

い段音＋ます → お段音＋う

例：使います → 使おう　聞きます → 聞こう

IIグループ

～ます → ～よう

例：見ます→ 見よう　考えます → 考えよう

IIIグループ

します → しよう

来ます → 来よう

	ます	意向形
I	例　しまいます	しまおう
	1）待ちます	
	2）飲みます	
	3）申し込みます	
	4）選びます	
	5）連れていきます	
	6）急ぎます	
	7）戻します	
	8）歌います	
	9）休みます	
	10）話します	
II	11）受けます	
	12）決めます	
	13）片付けます	
	14）考えます	
	15）調べます	
III	16）します	
	17）練習します	
	18）来ます	

2 邀約・回應邀約

～よう
～吧！

例　ちょっとあそこで休みましょう

→　ちょっとあそこで休もう。

1）あの店で買い物しましょう

→ ______

2）来月一緒に旅行に行きましょう

→ ______

3）お腹がすきましたから、昼ごはんを食べましょう

→ ______

4）来週富士山に登りませんか。

—　ええ、登りましょう。

→ ______

— ______

5）一緒にギターを弾きませんか。

—　ええ、弾きましょう。

→ ______

— ______

3 表示內心意願
～ようと思っています
想／打算～

01

例　食べます　→　食べようと思っています

1）聞きます　→　＿＿＿＿＿＿

2）取ります　→　＿＿＿＿＿＿

3）申し込みます　→　＿＿＿＿＿＿

4）行きます　→　＿＿＿＿＿＿

5）続けます　→　＿＿＿＿＿＿

6）受けます　→　＿＿＿＿＿＿

7）見つけます　→　＿＿＿＿＿＿

8）覚えます　→　＿＿＿＿＿＿

9）留学します　→　＿＿＿＿＿＿

10）来ます　→　＿＿＿＿＿＿

02

例　来年は留学します

→　来年は留学しようと思っています。

1）大学を卒業したら、あの会社で働きます

→　＿＿＿＿＿＿

2）機会があったら、外国へ旅行に行きます

→　＿＿＿＿＿＿

3）今度の週末は友達に会います

→ ______________________________

4）週末部屋を掃除します

→ ______________________________

5）日本語の試験を受けます

→ ______________________________

6）外国へ行って働きます

→ ______________________________

第10章

命令形・禁止形

めいれいけい　きんしけい

←王可樂老師的詳細導讀

1 三種動詞的命令形・禁止形變化方式

命令形

Ⅰグループ

い段音＋ます → え段音

例：買います → 買え　遊びます → 遊べ

Ⅱグループ

～ます → ～ろ

例：食べます → 食べろ　寝ます → 寝ろ

Ⅲグループ

します → しろ

来ます → 来い

禁止形

Ⅰグループ

い段音＋ます → う段音＋な

例：買います → 買うな　遊びます → 遊ぶな

Ⅱグループ

～ます → ～るな

例：食べます → 食べるな　寝ます → 寝るな

IIIグループ

します → するな

来(き)ます → 来(く)るな

	ます	命令形(めいれいけい)	禁止形(きんしけい)
I	例(れい) 言(い)います	言(い)え	言(い)うな
	1）持(も)ちます		
	2）走(はし)ります		
	3）読(よ)みます		
	4）遊(あそ)びます		
	5）動(うご)きます		
	6）騒(さわ)ぎます		
	7）指(さ)します		
	8）触(さわ)ります		
	9）入(はい)ります		
	10）使(つか)います		
II	11）やめます		
	12）逃(に)げます		
	13）続(つづ)けます		
	14）諦(あきら)めます		
	15）投(な)げます		
III	16）します		
	17）勉強(べんきょう)します		
	18）来(き)ます		

2 命令形・禁止形応用練習

01

例 もっと速く走ります → もっと速く走れ。

例 止まりません → 止まるな。

1）ボールを取ります

→ ＿＿＿＿＿＿＿＿＿＿

2）もう少し頑張ります

→ ＿＿＿＿＿＿＿＿＿＿

3）負けません

→ ＿＿＿＿＿＿＿＿＿＿

4）まだ諦めません

→ ＿＿＿＿＿＿＿＿＿＿

5）もっとたくさん勉強(べんきょう)します

→ ＿＿＿＿＿＿＿＿＿＿＿＿＿＿＿＿＿＿＿＿

6）この単語(たんご)を全部(ぜんぶ)覚(おぼ)えます

→ ＿＿＿＿＿＿＿＿＿＿＿＿＿＿＿＿＿＿＿＿

7）そこで話(はな)しません

→ ＿＿＿＿＿＿＿＿＿＿＿＿＿＿＿＿＿＿＿＿

8）授業中(じゅぎょうちゅう)にお茶(ちゃ)を飲(の)みません

→ ＿＿＿＿＿＿＿＿＿＿＿＿＿＿＿＿＿＿＿＿

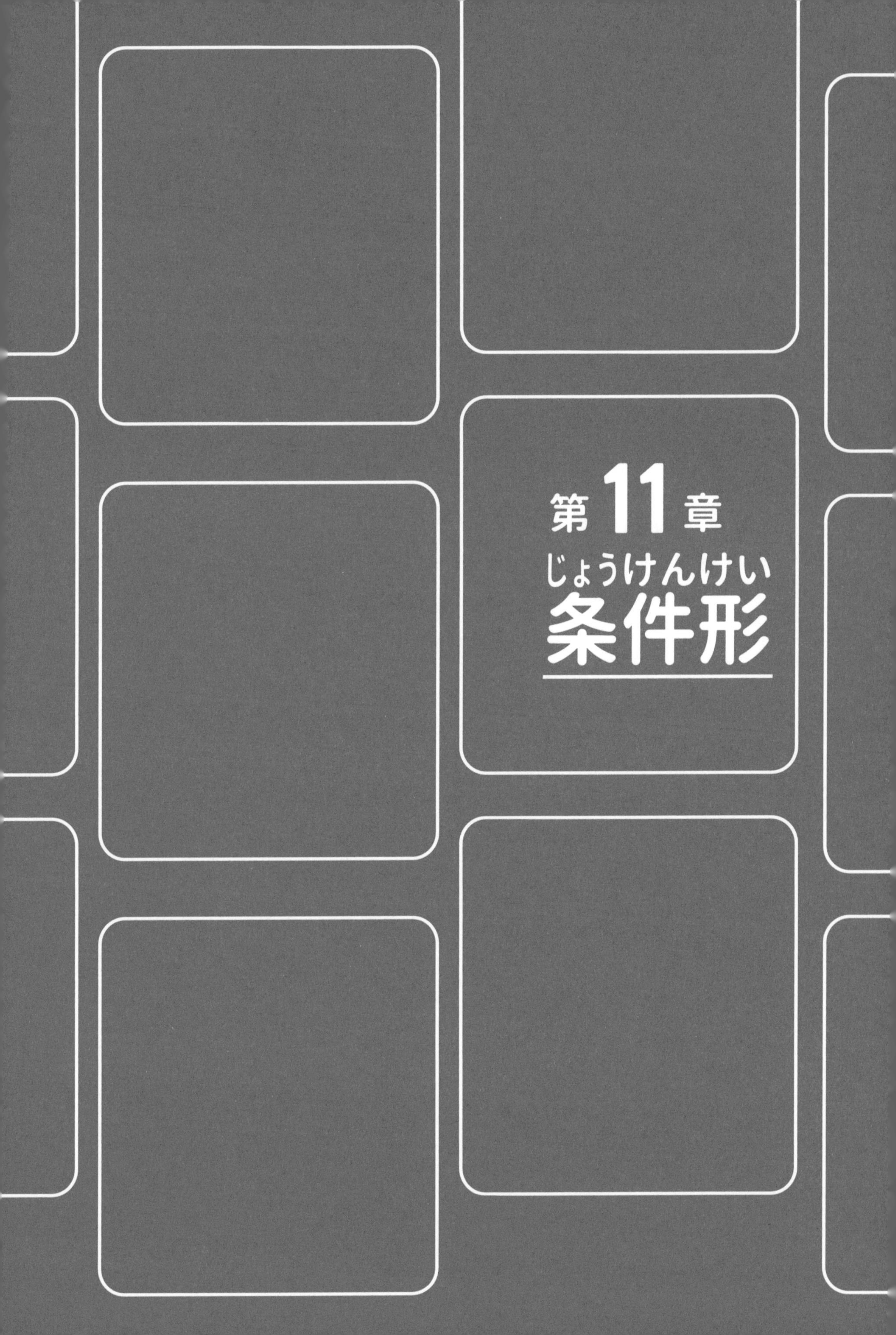

第11章

条件形（じょうけんけい）

←王可樂老師的詳細導讀

1 各類詞性的条件形變化方式

Iグループ

肯定：い段音＋ます → え段音＋ば

例：行きます → 行けば　あります→ あれば

否定：い段音＋ます → あ段音＋なければ

例：行きます → 行かなければ　貸します → 貸さなければ

※例外：い＋ます → わ＋なければ　会います → 会わなければ

あります → なければ

IIグループ

肯定：～ます → ～れば

例：教えます → 教えれば　見ます → 見れば

否定：～ます → ～なければ

例：教えます → 教えなければ　見ます → 見なければ

IIIグループ

肯定：します → すれば

否定：します → しなければ

肯定：来ます → 来れば

否定：来ます → 来なければ

動詞

		条件形	
		肯定	否定
	例　間に合います	間に合えば	間に合わなければ
I	1）待ちます		
	2）変わります		
	3）飲みます		
	4）飛びます		
	5）気が付きます		
	6）急ぎます		
	7）戻します		
	8）歌います		
	9）立ちます		
	10）あります		
II	11）つけます		
	12）決めます		
	13）遅れます		
	14）考えます		
	15）調べます		
III	16）します		
	17）復習します		
	18）来ます		

い形容詞・な形容詞・名詞

		条件形	
		肯定	否定
い形容詞	例　高い	高ければ	高くなければ
	1）安い		
	2）寂しい		
	3）いい		
	4）少ない		
	5）苦い		
	6）悲しい		
	7）眠い		
	8）おもしろい		
	9）多い		
な形容詞	例　にぎやか	にぎやかなら	にぎやかじゃなければ
	10）楽		
	11）だめ		
	12）大丈夫		
	13）心配		
名詞	例　病気	病気なら	病気じゃなければ
	14）日曜日		
	15）無料		
	16）雨		
	17）大学生		

01 例(れい) たくさん話(はな)します・日本語(にほんご)が上手(じょうず)になります

→ たくさん話(はな)せば、日本語(にほんご)が上手(じょうず)になります。

1）急(いそ)ぎます・間(ま)に合(あ)います

→ ____________________

2）日本語(にほんご)ができます・日本(にほん)の会社(かいしゃ)で働(はたら)けます

→ ____________________

3）明日(あした)雨(あめ)が降(ふ)ります・試合(しあい)はありません

→ ____________________

4）店(みせ)の人(ひと)に修理(しゅうり)してもらいます・このテレビはまだ見(み)られます

→ ____________________

5）先生(せんせい)に許可(きょか)をもらいません・早(はや)く帰(かえ)れません

→ ____________________

6）図書館(としょかん)のカードがありません・本(ほん)が借(か)りられません

→ ____________________

7）この薬(くすり)を飲(の)みません・病気(びょうき)はよくなりません

→ ____________________

8）５分(ふん)待(ま)ってもバスが来(き)ません・タクシーを呼(よ)びましょう

→ ____________________

02 例(れい) 寒(さむ)いです・あの上着(うわぎ)を着(き)ていきましょう

→ 寒(さむ)ければ、あの上着(うわぎ)を着(き)ていきましょう。

例(れい) 暇(ひま)です・先(さき)に宿題(しゅくだい)をしませんか

→ 暇(ひま)なら、先(さき)に宿題(しゅくだい)をしませんか。

1）天気がいいです・ここから富士山が見えますよ

→ ________________________________

2）これと同じパソコンが欲しいです・1週間待ってください

→ ________________________________

3）都合がよくないです・教えてください

→ ________________________________

4）来週忙しくないです・パーティーに参加しようと思っています

→ ________________________________

5）お酒がだめです・ジュースはいかがですか

→ ________________________________

6）この教室の中がもっと静かです・勉強できます

→ ________________________________

7）好きじゃありません・食べなくてもいいですよ

→ ________________________________

8）無料じゃありません・それは要りません

→ ________________________________

03 例　問題が簡単です

→ 問題が簡単なら　、（　A　）。

1）台風が来ます

→ ________________________________、（　　　）。

2）もう少し暖かくなりません

→ ＿＿＿＿＿＿＿＿＿＿＿＿＿＿＿＿＿＿＿＿、（　　　　）。

3）先生が書いた字が見えません

→ ＿＿＿＿＿＿＿＿＿＿＿＿＿＿＿＿＿＿＿＿、（　　　　）。

4）食べられないものがあります

→ ＿＿＿＿＿＿＿＿＿＿＿＿＿＿＿＿＿＿＿＿、（　　　　）。

5）辛くないです

→ ＿＿＿＿＿＿＿＿＿＿＿＿＿＿＿＿＿＿＿＿、（　　　　）。

6）もう少し暑いです

→ ＿＿＿＿＿＿＿＿＿＿＿＿＿＿＿＿＿＿＿＿、（　　　　）。

7）あのレストランが休みです

→ ＿＿＿＿＿＿＿＿＿＿＿＿＿＿＿＿＿＿＿＿、（　　　　）。

8）今日、部長が休みです

→ ＿＿＿＿＿＿＿＿＿＿＿＿＿＿＿＿＿＿＿＿、（　　　　）。

選択肢

~~A　わたしもできます~~
B　会議は来週しましょう
C　アイスクリームがよく売れると思います
D　前の席に座ってください
E　この料理は小さい子どもでも食べることができます
F　先に教えてください
G　台湾の学校は休みになります
H　今日は日本料理を食べに行きませんか
I　桜は咲きません

2 表示隨條件改變的程度變化

～ば～ほど　愈～愈～

01

例　食(た)べます　→　食(た)べれば食(た)べるほど

1）会(あ)います　→ ______

2）知(し)ります　→ ______

3）話(はな)します　→ ______

4）考(かんが)えます　→ ______

5）遊(あそ)びます　→ ______

6）勉強(べんきょう)します　→ ______

例　いい　→　よければよいほど

7）甘(あま)い　→ ______

8）小(ちい)さい　→ ______

例　便利(べんり)です　→　便利(べんり)はら便利(べんり)なほど

10）簡単(かんたん)　→ ______

11）すてき　→ ______

02

例（　考(かんが)えます　→　考(かんが)えれば考(かんが)えるほど　）、わからなくなります。

1）この歌(うた)を（聞(き)きます→　　　　　　　　）、悲(かな)しくなります。

2）真実(しんじつ)を（知(し)ります→　　　　　　　　）、怖(こわ)くなります。

3）彼女(かのじょ)は（見(み)ます→　　　　　　　　）、かわいいです。

4）値段(ねだん)が（安(やす)いです→　　　　　　　　）売(う)れます。

5）魚(さかな)は（新鮮(しんせん)です→　　　　　　　　）おいしいです。

第 12 章

受身形

うけみけい

←王可樂老師的詳細導讀

1 三種動詞的受身形(うけみけい)變化方式

I グループ

い段音(だんおん)＋ます → あ段音(だんおん)＋れます

例：話(はな)します → 話(はな)されます　呼(よ)びます → 呼(よ)ばれます

※例外(れいがい)：い＋ます → わ＋れます

例：言(い)います → 言(い)われます

II グループ

～ます → ～られます

例：間違(まちが)えます → 間違(まちが)えられます　見(み)ます → 見(み)られます

III グループ

します → されます

来(き)ます → 来(こ)られます

		受身形	
	例　言います	言われます	言われる
I	1）打ちます		
	2）叱ります		
	3）噛みます		
	4）聞きます		
	5）汚します		
	6）誘います		
	7）盗ります		
	8）飲みます		
	9）呼びます		
	10）壊します		
II	11）捨てます		
	12）見ます		
	13）間違えます		
	14）食べます		
	15）褒めます		
III	16）します		
	17）利用します		
	18）持ってきます		

2 直接被動

01 例　先生がわたしを叱りました。

→　わたしは先生に叱られました。

1）社長がわたしを褒めました。

→ ______

2）友達がわたしを結婚式に招待しました。

→ ______

3）知らない人がわたしを呼びました。

→ ______

4）先輩がわたしをパーティーに誘いました。

→ ______

5）姉がわたしに注意しました。

→ ______

6）父がわたしに買い物を頼みました。

→ ______

間接被動

01 例 彼がわたしのケータイを見ました。

→ わたしは彼にケータイを見られました。

1）弟がわたしのかばんを持っていきました。

→ ＿＿＿＿＿＿＿＿

2）男の人がわたしの足を踏みました。

→ ＿＿＿＿＿＿＿＿

3）知らない人がわたしのケータイを持っていきました。

→ ＿＿＿＿＿＿＿＿

4）誰かがわたしの傘を盗りました。

→ ＿＿＿＿＿＿＿＿

5）弟がわたしのシャツを汚しました。

→ ＿＿＿＿＿＿＿＿

6）母がわたしの彼にもらった誕生日プレゼントを捨てました。

→ ＿＿＿＿＿＿＿＿

舉行／發明／創作／破壞／產出

01 例(れい) もうすぐ東京(とうきょう)でオリンピックを開(ひら)きます。

→ もうすぐ東京(とうきょう)でオリンピックが開(ひら)かれます。

1）50年前(ねんまえ)に初(はじ)めてこのお祭(まつ)りを行(おこな)いました。

→ ____________________

2）来月駅前(らいげつえきまえ)のデパートを壊(こわ)します。

→ ____________________

3）江戸時代(えどじだい)に歴史小説(れきししょうせつ)を書(か)きました。

→ ____________________

4）先月新(せんげつあたら)しい星(ほし)を発見(はっけん)しました。

→ ____________________

5）1903年(ねん)に飛行機(ひこうき)を発明(はつめい)しました。

→ ____________________

6）来年(らいねん)ここに新(あたら)しいビルを建(た)てます。

→ ____________________

02 例 どこで運動会を行いますか。（小学校）

→ 運動会はどこで行われますか。

ー 小学校で行われます。

1）何年ぐらい前にこのビルを建てましたか。（50年）

→ ______

ー ______

2）１か月に何台ぐらいこのパソコンを作りますか。（１万台）

→ ______

ー ______

3）どこからこのテーブルを輸入しましたか。（フランス）

→ ______

ー ______

4）何語にこの本を翻訳していますか。（英語や中国語など）

→ ______

ー ______

5）何月に次の会議を開きますか。（８月）

→ ______

ー ______

第13章 使役形（しえきけい）

←王可樂老師的詳細導讀

1 三種動詞的使役形變化方式

Ⅰグループ

い段音＋ます → あ段音＋せます

例：持ちます → 持たせます　遊びます → 遊ばせます

※例外：い＋ます → わ＋せます

例：使います → 使わせます

Ⅱグループ

～ます → ～させます

例：寝ます → 寝させます　届けます → 届けさせます

Ⅲグループ

します → させます

来ます → 来させます

	ます	使役形	
I	例　手伝います	手伝わせます	手伝わせる
	1）通います		
	2）行きます		
	3）立ちます		
	4）遊びます		
	5）休みます		
	6）話します		
	7）泳ぎます		
	8）書きます		
	9）やります		
	10）出します		
II	11）調べます		
	12）届けます		
	13）やめます		
	14）食べます		
	15）います		
III	16）します		
	17）勉強します		
	18）来ます		

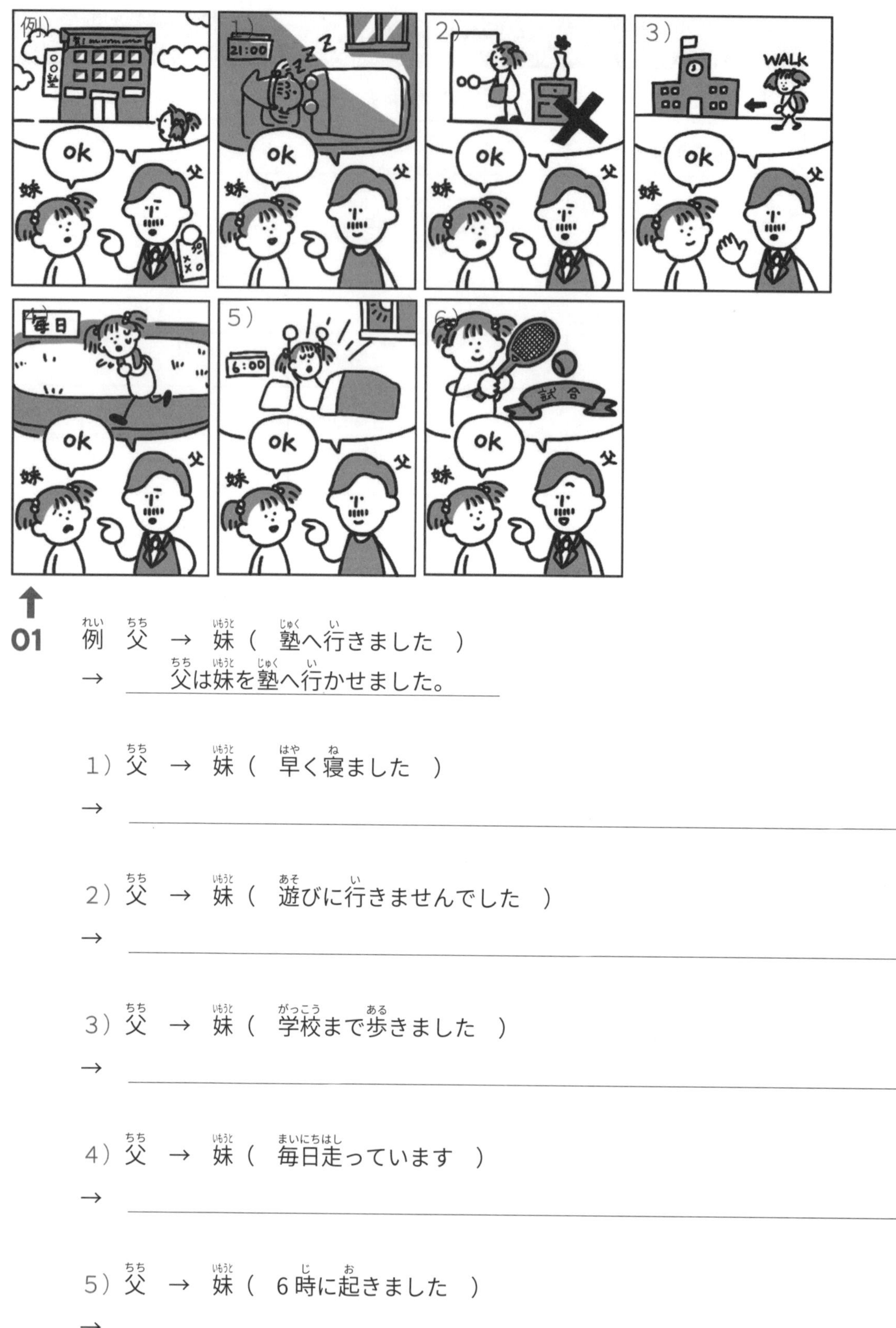

01 例 父 → 妹（ 塾へ行きました ）

→ 父は妹を塾へ行かせました。

1）父 → 妹（ 早く寝ました ）

→ ______________________________

2）父 → 妹（ 遊びに行きませんでした ）

→ ______________________________

3）父 → 妹（ 学校まで歩きました ）

→ ______________________________

4）父 → 妹（ 毎日走っています ）

→ ______________________________

5）父 → 妹（ 6時に起きました ）

→ ______________________________

6）父 → 妹（ テニスの試合に参加します ）

→ ______________________________

02

母 → 弟（ 料理を手伝いました ）

→ 母は弟に料理を手伝わせました。

1）母 → 弟（ 部屋を片付けました ）

→ ______________________________

2）母 → 弟（ テレビを見ません ）

→ ______________________________

3）母 → 弟（ ピアノを弾きました ）

→ ______________________________

4）母 → 弟（ 毎晩宿題をしています ）

→ ______________________________

5）母　→　弟（　明日の準備をします　）

→ ______________________________

6）母　→　弟（　サッカーをしませんでした　）

→ ______________________________

03　例　両親　→　妹（　アメリカへ留学しました　）

→　両親は妹をアメリカへ留学させました。

1）両親　→　妹（　１人で旅行に行きました　）

→ ______________________________

2）両親　→　妹（　海で泳ぎました　）

→ ______________________________

3）両親　→　妹（　好きな人と結婚しました　）

→ ______________________________

4）両親　→　妹（　サッカーの大会に出ました　）

→ ______________________________

04

例　先生　→　子ども（　好きな本を読みました　）

→　先生は子どもに好きな本を読ませました。

1）先生　→　子ども（　自分の意見を言いました　）

→　＿＿＿＿＿＿＿＿＿＿

2）先生　→　子ども（　好きなものを作りました　）

→　＿＿＿＿＿＿＿＿＿＿

3）先生　→　子ども（　自由にパソコンを使いました　）

→　＿＿＿＿＿＿＿＿＿＿

4）先生　→　子ども（　調べたいことを調べました　）

→　＿＿＿＿＿＿＿＿＿＿

2 謙讓語氣的請求
（使役て形）いただけませんか
能讓我～嗎？

01 例　使います → 使わせていただけませんか

1）帰ります → ＿＿＿＿

2）置きます → ＿＿＿＿

3）聞きます → ＿＿＿＿

4）撮ります → ＿＿＿＿

5）休みます → ＿＿＿＿

6）行きます → ＿＿＿＿

7）止めます → ＿＿＿＿

8）考えます → ＿＿＿＿

9）録音します → ＿＿＿＿

10）来ます → ＿＿＿＿

02 例　ここで資料をコピーしたいです

→ ここで資料をコピーさせていただけませんか。

1）この会議室を使いたいです

→ ＿＿＿＿

2）ここに荷物を置きたいです

→ ＿＿＿＿

3）家の前に車を止めたいです

→ ＿＿＿＿

4）来週会社を休みたいです

→ ＿＿＿＿＿＿＿＿＿＿

5）今日は４時ごろ、帰りたいです

→ ＿＿＿＿＿＿＿＿＿＿

6）先生の仕事を手伝いたいです

→ ＿＿＿＿＿＿＿＿＿＿

03 例　友達を作りたいです・そのキャンプに参加します

→ 友達を作りたいので、そのキャンプに参加させていただけませんか。

1）一度も聞いたことがありません・先生のピアノを聞きます

→ ＿＿＿＿＿＿＿＿＿＿

2）わたしのパソコンは故障しています・そのパソコンを使います

→ ＿＿＿＿＿＿＿＿＿＿

3）発表の資料に入れたいです・実験の写真を撮ります

→ ＿＿＿＿＿＿＿＿＿＿

4）ずっと勉強してみたかったです・その授業を受けます

→ ＿＿＿＿＿＿＿＿＿＿

5）家に忘れました・宿題は明日出します

→ ＿＿＿＿＿＿＿＿＿＿

解答

Chapter1. ます形(けい)

（1）肯定、否定、過去式

～ます / ません / ました / ませんでした

01 1）（起(お)きます）、起(お)きません、起(お)きました、起(お)きませんでした
2）寝(ね)ます、（寝(ね)ません）、寝(ね)ました、寝(ね)ませんでした
3）働(はたら)きます、働(はたら)きません、（働(はたら)きました）、働(はたら)きませんでした
4）休(やす)みます、休(やす)みません、休(やす)みました、（休(やす)みませんでした）
5）（終(お)わります）、終(お)わりません、終(お)わりました、終(お)わりませんでした

02 1）はい、起(お)きます。/いいえ、起(お)きません。
2）はい、勉強(べんきょう)します。/いいえ、勉強(べんきょう)しません。
3）はい、休(やす)みます。/いいえ、休(やす)みません。
4）はい、終(お)わります。/いいえ、終(お)わりません。
5）はい、働(はたら)きます。/いいえ、働(はたら)きません。

03 1）はい、働(はたら)きました。/いいえ、働(はたら)きませんでした。
2）はい、寝(ね)ました。/いいえ、寝(ね)ませんでした。
3）はい、終(お)わりました。/いいえ、終(お)わりませんでした。
4）はい、勉強(べんきょう)しました。/いいえ、勉強(べんきょう)しませんでした。
5）はい、休(やす)みました。/いいえ、休(やす)みませんでした。

（2）邀約的表現

～（ます形(けい)）ませんか / ～（ます形(けい)）ましょう

要不要（一起）～呢？ / 做～吧！

01 1）行(い)きませんか、行(い)きましょう
2）帰(かえ)りませんか、帰(かえ)りましょう
3）飲(の)みませんか、飲(の)みましょう
4）撮(と)りませんか、撮(と)りましょう
5）書(か)きませんか、書(か)きましょう
6）吸(す)いませんか、吸(す)いましょう

7）会(あ)いませんか、会(あ)いましょう

8）休(やす)みませんか、休(やす)みましょう

9）聞(き)きませんか、聞(き)きましょう

10）勉強(べんきょう)しませんか、勉強(べんきょう)しましょう

02 1）一緒(いっしょ)にご飯(はん)を食(た)べませんか。

— ええ、食(た)べましょう。

2）一緒(いっしょ)にビールを飲(の)みませんか。

— ええ、飲(の)みましょう。

3）一緒(いっしょ)にたばこを吸(す)いませんか。

— ええ、吸(す)いましょう。

4）一緒(いっしょ)に音楽(おんがく)を聞(き)きませんか。

— ええ、聞(き)きましょう。

5）一緒(いっしょ)に雑誌(ざっし)を読(よ)みませんか。

— ええ、読(よ)みましょう。

6）一緒(いっしょ)にテレビを見(み)ませんか。

— ええ、見(み)ましょう。

7）一緒(いっしょ)に家(うち)へ帰(かえ)りませんか。

— ええ、帰(かえ)りましょう。

8）ちょっと休(やす)みませんか。

— ええ、休(やす)みましょう。

9）日本語(にほんご)を勉強(べんきょう)しませんか。

— ええ、勉強(べんきょう)しましょう。

（3）表示願望

～（ます形(けい)）たいです　　我想（做）～

01 1）遊(あそ)びたいです、遊(あそ)びたくないです

2）食(た)べたいです、食(た)べたくないです

3）飲(の)みたいです、飲(の)みたくないです

4）休(やす)みたいです、休(やす)みたくないです

5）撮(と)りたいです、撮(と)りたくないです

6）買いたいです、買いたくないです

7）吸いたいです、吸いたくないです

8）帰りたいです、帰りたくないです

9）行きたいです、行きたくないです

10）見たいです、見たくないです

02 1）すき焼きを食べたいです。

2）海で友達と泳ぎたいです。

3）あの先生に日本語を習いたいです。

4）父にこのネクタイをあげたいです。

5）3日ぐらい会社を休みたいです。

6）有名なレストランで食事したいです。

03 1）誰に会いたいですか。

— 彼に会いたいです。

2）いつ国へ帰りたいですか。

— 来年帰りたいです。

3）どのくらい休みたいですか。

— 1か月休みたいです。

4）何を飲みたいですか。

— お茶を飲みたいです。

5）何をしたいですか。

— 買い物したいです。

（4）表示前往某處的目的

～（ます形 / 名詞）に行きます / 来ます / 帰ります

去 / 來 / 回　做～動作

01 1）習いに行きます

2）送りに行きます

3）遊びに行きます

4）食べに行きます

5）会いに行きます

6）見に行きます

7）泳ぎに行きます

8）食事に行きます

9）お花見に行きます

10）買い物に行きます

02 1）先月国へ家族に会いに帰りました。

2）明日空港へ友達を迎えに行きます。

3）毎日学校へ勉強に来ます。

4）昨日家族とあのレストランへ食事に行きました。

5）日本へお花見に行きたいです。

03 1）何を買いに行きますか。

— テレビを買いに行きます。

2）誰に会いに行きますか。

— 友達に会いに行きます。

3）いつ旅行に行きましたか。

— 去年の 12 月に行きました。

4）どこへ遊びに行きますか。

— 友達の家へ遊びに行きます。

5）どこへ遊びに行きたいですか。

— 東京へ遊びに行きたいです。

6）北海道へ何をしに行きますか。

— スキーに行きます。

（5）表示協助他人的意願

～（ます形）ましょうか　　我來～吧

01 1）手伝いましょうか

2）開けましょうか

3）貸しましょうか

4）つけましょうか

5）取りましょうか

6）迎えに行きましょうか
7）閉めましょうか
8）見せましょうか
9）書きましょうか
10）来ましょうか

02
1）大きい荷物を持ちましょうか。
2）消しゴムを貸しましょうか。
3）地図を見せましょうか。
4）窓を閉めましょうか。
5）空港まで迎えに行きましょうか。
6）電話番号を書きましょうか。

（6）表示動作同時進行

～（ます形）ながら、…　　一邊～，一邊…

01
1）働きながら
2）踊りながら
3）通いながら
4）遊びながら
5）読みながら
6）かみながら
7）考えながら
8）見ながら
9）掃除しながら
10）散歩しながら

02
1）歌を歌いながら、シャワーを浴びます。
2）メモを見ながら、資料を作ります。
3）写真を見ながら、先生の話を聞きます。
4）高校で英語を教えながら、大学で研究しています。
5）学校で英語を習いながら、家で日本語も勉強しています。
6）ボランティアをしながら、いろいろな国を旅行しました。

03　1）わたしは絵をかきながら、踊れます。
2）わたしは友達と話しながら、本が読めます。
3）わたしは寝ながら、新しい言葉が覚えられます。
4）わたしは踊りながら、料理ができます。

（7）形容眼前的徵兆

～（ます形）そうです　　1. 徵兆：預測看起來快要～

01　1）落ちそうです
2）変わりそうです
3）やみそうです
4）なくなりそうです
5）降りそうです
6）取れそうです
7）折れそうです
8）切れそうです
9）破れそうです
10）倒れそうです

02　1）財布が落ちそうです。
2）袋が破れそうです。
3）ボタンが取れそうです。
4）雨が降りそうです。
5）木が倒れそうです。
6）紐が切れそうです。

03　1）信号が赤に変わりそうなので、E
2）暗くなりましたね。雨が降りそうなので、B
3）あの電気、消えそうなので、G
4）荷物が落ちそうなので、C
5）枝が折れそうなので、F
6）ボタンがとれそうなので、D

（8）預測事情的可能性

～（ます形）そうです　　2. 可能性：可能會～

01　1）減りそうです

2）上がりそうです

3）下がりそうです

4）咲きそうです

5）なりそうです

6）続きそうです

7）終わりそうです

8）かかりそうです

02　1）今年の夏は暑いのでビールがよく売れそうです。

2）来週台風が来そうです。

3）来年も電気代が上がりそうです。

4）来月は夏休みですから、遊園地は人が増えそうです。

5）今年は寒いので、ここでも雪が降りそうです。

6）これからはだんだん物価が高くなりそうです。

（9）形容外觀

～（形容詞）そうです　　3. 外觀：看起來好像～

01　1）寂しそうです

2）まずそうです

3）つまらなそうです

4）よさそうです

5）簡単そうです

6）幸せそうです

7）楽そうです

8）便利そうです

02　1）あの人は嬉しそうです。

2）この本は難しそうです。

3）あの会社の仕事はよさそうです。

4）この問題は簡単そうです。
5）あの２人は幸せそうです。
6）この仕事は楽そうです。

(10) 表示程度

～（ます形 / 形容詞）すぎます　　太過於～

01
1）歌いすぎます
2）使いすぎます
3）飲みすぎます
4）泣きすぎます
5）疲れすぎます
6）入れすぎます
7）食べすぎます
8）休みすぎます
9）勉強しすぎます
１０）持ってきすぎます

02
1）笑いすぎました。
2）お金を使いすぎました。
3）学校を休みすぎました。
4）お酒を飲みすぎました。
5）カレーを作りすぎました。
6）勉強しすぎました。

03
1）うるさすぎます
2）寂しすぎます
3）重すぎます
4）難しすぎます
5）簡単すぎます
6）危険すぎます
7）大変すぎます
8）下手すぎます

04 1）この問題は複雑すぎます。
2）この番組はつまらなすぎます。
3）この電車は人が多すぎます。
4）この本は難しすぎます。
5）隣の人はうるさすぎます。
6）今年の夏は暑すぎます。

05 1）働きすぎる
2）熱すぎ
3）長すぎる
4）高すぎた
5）買いすぎた
6）小さすぎる

(11) 表示難易度

～（ます形）やすいです / にくいです　　1. 容易～ / 難以～

01 1）わかりやすい、わかりにくい
2）住みやすい、住みにくい
3）使いやすい、使いにくい、
4）書きやすい、書きにくい
5）出しやすい、出しにくい
6）覚えやすい、覚えにくい
7）寝やすい、寝にくい
8）着やすい、着にくい
9）運転しやすい、運転しにくい
10）来やすい、来にくい

02 1）ボールペンは書きやすいです / ボールペンは書きにくいです
2）ドアは開けやすいです / ドアは開けにくいです
3）は覚えやすいです / は覚えにくいです

03 1）安くて、住みやすいです。
2）高くて、泳ぎにくいです。

3）小(ちい)さすぎて、使(つか)いにくいです。

4）広(ひろ)くて、運転(うんてん)しやすいです。

5）軽(かる)くて、運(はこ)びやすいです

6）簡単(かんたん)で、覚(おぼ)えやすいです。

(12) 表示發生機率

～（ます形(けい)）やすいです / にくいです　　2. 經常～ / 不常～

01　1）変(か)わりやすい、変(か)わりにくい

2）降(ふ)りやすい、降(ふ)りにくい

3）なくしやすい、なくしにくい

4）滑(すべ)りやすい、滑(すべ)りにくい

5）なりやすい、なりにくい

6）乾(かわ)きやすい、乾(かわ)きにくい

7）割(わ)れやすい、割(わ)れにくい

8）起(お)きやすい、起(お)きにくい

9）しやすい、しにくい

１０）来(き)やすい、来(き)にくい

02　1）割(わ)れにくいです。

割(わ)れやすいです。

2）雪(ゆき)が降(ふ)りやすいです。

雪(ゆき)が降(ふ)りにくいです。

3）腐(くさ)りやすいです。

腐(くさ)りにくいです。

4）滑(すべ)りやすいです。

滑(すべ)りにくいです。

5）治(なお)りやすいです。

治(なお)りにくいです。

（13）尊敬語公式 1

お（ます形）になります　　別人做～（尊敬語）

01　1）お買いになります
2）お乗りになります
3）お作りになります
4）お読みになります
5）お話しになります
6）お書きになります
7）お決めになります
8）お疲れになります
9）おやめになります
10）お答えになります

02　1）社長は 11 時ごろお出かけになります。
2）何時に事務所にお戻りになりますか。
3）山田さんがロビーでお待ちになっています。
4）いつ田中部長にお会いになりましたか。
5）出張のとき、どこにお泊りになりますか。
6）先生の奥様は 2 時ごろお帰りになりました。
7）社長は今、新しい製品の名前をお考えになっています。
8）山下さんは大阪支社の場所がおわかりになりますか。

（14）尊敬語公式 2

お / ご～（ます形）ください　　請～（要求別人做～）（尊敬語）

01　1）お履きください
2）お入りください
3）お待ちください
4）お約束ください
5）お電話ください
6）ご安心ください
7）ご注意ください

8）ご予約ください

9）ご用意ください

10）ご出発ください

02　1）中にお入りください。

2）こちらにお並びください。

3）席をご予約ください。

4）こちらをお使いください。

5）こちらで少々お待ちください。

(15) 謙讓語公式

お / ご～（ます形）します　　我做～（謙虚語）

01　1）お貸しします

2）お手伝いします

3）お持ちします

4）お約束します

5）お電話します

6）ご紹介します

7）ご案内します

8）ご連絡します

9）ご招待します

10）ご説明します

02　1）私が傘をお貸しします。

2）私が荷物をお取りします。

3）私が写真をお撮りします。

4）資料は明日までにメールでお送りします。

5）これから午後の予定をお知らせします。

6）新しい製品についてご説明します。

7）次のパーティーにご招待します。

8）明日、工場の中をご案内します。

Chapter2. 形容詞・名詞

（1）反義詞

01 1）小さい

2）古い

3）悪い

4）寒い

5）にぎやか

6）冷たい

7）簡単、易しい

8）高い

9）高い

（2）肯定・否定・過去式

い形容詞

02 1）小さくないです、小さかったです、小さくなかったです

2）おもしろくないです、おもしろかったです、おもしろくなかったです

3）古くないです、古かったです、古くなかったです

4）新しくないです、新しかったです、新しくなかったです

5）悪くないです、悪かったです、悪くなかったです

6）よくないです、よかったです、よくなかったです

7）暑くないです、暑かったです、暑くなかったです

8）寒くないです、寒かったです、寒くなかったです

な形容詞

9）きれいじゃありません、きれいでした、きれいじゃありませんでした

１０）ハンサムじゃありません、ハンサムでした、ハンサムじゃありませんでした

１１）便利じゃありません、便利でした、便利じゃありませんでした

１２）簡単じゃありません、簡単でした、簡単じゃありませんでした

１３）元気じゃありません、元気でした、元気じゃありませんでした

１４）親切じゃありません、親切でした、親切じゃありませんでした

名詞

１５）雨じゃありません、雨でした、雨じゃありませんでした

１６）仕事じゃありません、仕事でした、仕事じゃありませんでした

（３）說明句

03

1）難しくないです。

2）おもしろいです。

3）ハンサムじゃありません。

4）忙しいです。

5）おいしくないです。

6）易しいです。

（４）連體修飾

04

1）きれいな

2）便利な

3）おもしろい

4）高い

5）暑い

（５）形容詞的て形（並列）

01　い形容詞

1）寒くて

2）やさしくて

3）高くて

4）明るくて

5）広くて

6）甘(あま)くて

7）おいしくて

8）安(やす)くて

9）忙(いそが)しくて

１０）よくて

な形容詞(けいようし)

1）静(しず)かで

2）きれいで

3）便利(べんり)で

4）親切(しんせつ)で

5）暇(ひま)で

6）上手(じょうず)で

7）下手(へた)で

8）簡単(かんたん)で

9）好(す)きで

１０）大変(たいへん)で

02 1）彼(かれ)は頭(あたま)がよくて、背(せ)が高(たか)いです。

2）この家(いえ)は安(やす)くて、広(ひろ)いです。

3）この町(まち)はにぎやかで、便利(べんり)です。

4）この料理(りょうり)は甘(あま)くて、おいしいです。

5）彼女(かのじょ)は親切(しんせつ)で、きれいです。

（6）表示變化

（形容詞(けいようし) / 名詞(めいし)）なりました　轉為、變成～

01 1）おもしろくなりました

2）高(たか)くなりました

3）易(やさ)しくなりました

4）眠(ねむ)くなりました

5）静(しず)かになりました

6）元気(げんき)になりました

7）大変(たいへん)になりました

8）8月(がつ)になりました

9）部長(ぶちょう)になりました

10）休(やす)みになりました

02

1）髪(かみ)が長(なが)くなりました

2）服(ふく)が小(ちい)さくなりました

3）暑(あつ)くなりました

4）暗(くら)くなりました

5）病気(びょうき)になりました

6）上手(じょうず)になりました

7）20歳(はたち)になりました

Chapter3. て形

（1）三種動詞的分類方式

Ｉグループ

働きます、撮ります、行きます、待ちます、飲みます、読みます、書きます、買います、貸します、わかります、あります、持ちます、遊びます、泳ぎます、話します、呼びます、手伝います、作ります、消します、急ぎます

IIグループ

起きます、寝ます、着ます、食べます、見ます、始めます、見せます、借ります、います、止めます、出ます、教えます、開けます、つけます、閉めます

IIIグループ

勉強します、コピーします、します、来ます、買い物します

（2）三種動詞的て形變化

Ｉ	１）吸って	２）買って	３）もらって	４）使って	５）歌って
	６）持って	７）帰って	８）撮って	９）入って	１０）作って
	１１）遊んで	１２）呼んで	１３）飲んで	１４）泳いで	１５）書いて
	１６）行って	１７）消して	１８）話して	１９）貸して	
II	２０）寝て	２１）食べて	２２）教えて	２３）かけて	２４）見せて
	２５）止めて	２６）覚えて	２７）あげて	２８）起きて	２９）見て
	３０）借りて	３１）いて			
III	３２）して	３３）運転して	３４）来て		

（3）～（て形）ください　１（拜託）　請～

１）すみませんが、消しゴムを貸してください。

２）すみませんが、ちょっと手伝ってください。

３）すみませんが、荷物を持ってください。

４）すみませんが、それを取ってください。

～（て形）ください　2（指示、命令）　請～

1）少し待ってください。

2）もう 11 時ですよ。早く起きてください。

3）明日 10 時に来てください。

4）パスポートを見せてください。

～（て形）ください　3（推薦）　請～

1）どうぞたくさん飲んでください。

2）どうぞこの本を読んでください。

3）どうぞここに座ってください。

4）どうぞ中に入ってください。

（4）現在進行式

～（て形）います　正在～

01　1）使っています

2）飲んでいます

3）読んでいます

4）泳いでいます

5）手伝っています

6）寝ています

7）教えています

8）見ています

9）しています

10）散歩しています

02　1）テレビを見ています。

2）たばこを吸っています。

3）晩ごはんを食べています。

4）新聞を読んでいます。

5）友達と遊んでいます。

6）雨が降っています。

7）彼を待っています。

8）プールで泳いでいます。

9）音楽を聞いています。

10）手紙を書いています。

03 1）佐藤さんと話しています。

2）花の絵を書いています。

3）木の下で遊んでいます。

4）新聞を読んでいます。

5）電話をかけています。

6）ご飯を食べています。

（5）動作結果狀態

～（て形）います

01 1）知っています

2）座っています

3）持っています

4）住んでいます

5）立っています

6）かぶっています

7）着ています

8）しています

9）結婚しています

02 1）伊藤さんは教室のいちばん前に座っています。

2）佐々木さんは緑のめがねをかけています。

3）高橋さんは白いズボンをはいています。

4）先生はあそこに立っています。

03 1）この漢字を知っていますか。－　はい、知っています。

2）大阪に住んでいますか。　－　いいえ、京都に住んでいます。

3）結婚していますか。　－　はい、結婚しています。

4）吉田さんの家の行き方を知っていますか。　－　いいえ、知りません。

（6）反覆動作

～（て形(けい)）います

01　1）売(う)っています

2）作(つく)っています

3）習(なら)っています

4）教(おし)えています

5）勉強(べんきょう)しています

6）研究(けんきゅう)しています

02　1）わたしは車(くるま)の会社(かいしゃ)で働(はたら)いています。

2）あの店(みせ)はおいしいパンを売(う)っています。

3）田中(たなか)さんは王(おう)さんに中国語(ちゅうごくご)を習(なら)っています。

4）ABC は何(なに)を作(つく)っていますか。

　－　新(あたら)しいコンピューターソフトを作(つく)っています。

5）このお酒(さけ)はどこで売(う)っていますか。

　－　沖縄(おきなわ)の店(みせ)で売(う)っています。

（7）要進行的動作尚未進行：

～（て形(けい)）いません　　還沒～

01　1）使(つか)っていません

2）走(はし)っていません

3）飛(と)んでいません

4）話(はな)していません

5）帰(かえ)っていません

6）まとめていません

7）見(み)つけていません

8）考(かんが)えていません

9）準備(じゅんび)していません

10）来(き)ていません

02　1）いいえ、まだ受(う)け取(と)っていません。

2）いいえ、まだ考(かんが)えていません。

3）いいえ、まだ予約していません。

4）いいえ、まだ片付けていません。

5）いいえ、まだ帰っていません。

6）いいえ、まだ送っていません。

7）いいえ、まだ届いていません。

8）いいえ、まだ着いていません。

（8）要求許可、表示許可

～（て形）もいいですか　　可以～嗎？

01　1）休んでもいいですか

2）座ってもいいですか

3）聞いてもいいですか

4）飲んでもいいですか

5）入ってもいいですか

6）借りてもいいですか

7）止めてもいいですか

8）つけてもいいですか

9）コピーしてもいいですか

10）来てもいいですか

02　1）ペンを借りてもいいですか。

— ええ、どうぞ。

2）ここに車を止めてもいいですか。

— すみません、ちょっと…。あそこに止めてください。

3）ここで友達を待ってもいいですか。

— ええ、どうぞ。

4）エアコンをつけてもいいですか。

— すみません、ちょっと…。窓を開けてください。

5）ドアを閉めてもいいですか。

— ええ、どうぞ。

6）ここに座ってもいいですか。

— すみません、ちょっと…。あの椅子に座ってください。

（9）～（て形）はいけません　不行～

01
1）取ってはいけません
2）入ってはいけません
3）置いてはいけません
4）話してはいけません
5）付けてはいけません
6）開けてはいけません
7）止めてはいけません
8）してはいけません
9）散歩してはいけません
10）来てはいけません

02
1）あの椅子に座ってはいけません。
2）ここで写真を撮ってはいけません。
3）あの部屋に入ってはいけません。
4）教室の中でたばこを吸ってはいけません。
5）この棚に荷物を置いてはいけません。
6）図書館で食べ物を食べてはいけません。

（10）動作先後 1：不強調順序

～（て形）、…　先做～，然後做…

01
1）明日は彼に会って、一緒にご飯を食べます。
2）先週の日曜日は映画を見て、おいしい料理を食べました。
3）土曜日は買い物に行って、友達に会います。
4）昨日の晩本を読んで、家族と食事に行きました。
5）今から家へ帰って、少し休みます。
6）今朝シャワーを浴びて、朝ごはんを食べました。

動作先後 2：強調順序

～（て形）から、…　～之後，做…

01
1）乗ってから

2）出してから

3）終わってから

4）やめてから

5）入ってから

6）入れてから

7）始めてから

8）乗り換えてから

9）買い物してから

10）来てから

02　1）仕事が終わってから、飲みに行きませんか。

2）友達に会ってから、映画を見に行きました。

3）大阪城を見学してから、近くの店でお土産を買いましょう。

4）大学に入ってから、日本語の勉強を始めました。

5）電話をかけてから、先生のところへ行きます。

6）ここに住所を書いてから、もう一度見せに来てください。

(11) 表示施捨與受惠（一般場合）

AはBに～（て形）もらいます　B 幫忙 / 為 / 給 A 做～

Aはわたしに～（て形）くれます　A 幫我做～

AはBに～（て形）あげます　A 幫忙 / 為 / 給 B 做～

01　1）直してもらいます、直してくれます、直してあげます

2）撮ってもらいます、撮ってくれます、撮ってあげます

3）払ってもらいます、払ってくれます、払ってあげます

4）送ってもらいます、送ってくれます、送ってあげます

5）貸してもらいます、貸してくれます、貸してあげます

6）つけてもらいます、つけてくれます、つけてあげます

7）教えてもらいます、教えてくれます、教えてあげます

8）見せてもらいます、見せてくれます、見せてあげます

9）説明してもらいます、説明してくれます、説明してあげます

10）連れて来てもらいます、連れて来てくれます、連れて来てあげます

02　1）わたしは田中さんに細かいお金を貸してもらいました。

2）わたしは同僚に資料を見せてもらいました。

3）わたしは友達にパソコンの使い方を教えてもらいました。

4）わたしは山田さんに荷物を持ってもらいました。

03 1）田中さんは細かいお金を貸してくれました。

2）同僚は資料を見せてくれました。

3）友達はパソコンの使い方を教えてくれました。

4）山田さんは荷物を持ってくれました。

04 1）わたしは友達に雑誌を貸してあげました。

2）わたしは女の人に行き方を教えてあげました。

3）わたしは彼女を家まで送ってあげました。

4）わたしは両親を迎えに行ってあげました。

5）わたしは父の服を直してあげました。

6）わたしは友達の部屋を掃除してあげました。

05 1）に、を作ってもらいます

2）を、書いてくれました

3）に、を貸してあげました

4）に、を洗ってもらいました

5）の、を見てあげました / の、を手伝ってあげました

6）迎えに来てくれます

(12) 表示習慣性反覆動作

～（て形）います　　總是、經常

01 1）通っています

2）行っています

3）休んでいます

4）作っています

5）遊んでいます

6）食べています

7）出かけています

8）寝ています

9）しています

10）来(き)ています

02 1）いつもあのコンビニで新聞(しんぶん)を買(か)っています。

2）休(やす)みの日(ひ)、日本(にほん)の映画(えいが)を見(み)ています。

3）毎晩(まいばん)犬(いぬ)と公園(こうえん)を散歩(さんぽ)しています。

4）忙(いそが)しいとき、いつも夫(おっと)に料理(りょうり)を手伝(てつだ)ってもらっています。

5）毎朝(まいあさ)7時半(じはん)に起(お)きています。

6）暇(ひま)なとき、いつも買(か)い物(もの)に行(い)ったり友達(ともだち)に会(あ)ったりしています。

(13) 表示狀態：
（自動詞(じどうし)て形(けい)）います　　～著 / ～了

01 1）止(と)まっています

2）閉(し)まっています

3）掛(か)かっています

4）開(あ)いています

5）破(やぶ)れています

6）ついています

7）割(わ)れています

8）外(はず)れています

9）折(お)れています

10）消(き)えています

02 1）窓(まど)が開(あ)いています。

2）窓(まど)が割(わ)れています。

3）鍵(かぎ)がかかっています。

4）ボタンが外(はず)れています。

5）枝(えだ)が折(お)れています。

03 1）ついています

2）汚(よご)れていない

3）壊(こわ)れている

4）止(と)まっています

5）外(はず)れている

6）止(と)まっていません

(14) 表示遺憾的語氣／不好的結果
～（て形(けい)）しまいました

01 1）落(お)としてしまいました

2）なくしてしまいました

3）行(い)ってしまいました

4）帰(かえ)ってしまいました

5）遅(おく)れてしまいました

6）売(う)れてしまいました

7）間違(まちが)えてしまいました

8）捨(す)ててしまいました

9）故障(こしょう)してしまいました

10）来(き)てしまいました

02 1）カードをなくしてしまいました

2）名前(なまえ)の読(よ)み方を間違(まちが)えてしまいました

3）病気(びょうき)になってしまいました

4）ここにあった料理(りょうり)を全部(ぜんぶ)食(た)べてしまいました

5）紙(かみ)で手(て)を切(き)ってしまいました。

6）大切(たいせつ)なコップを落(お)としてしまいました。

03 1）先生(せんせい)に説明(せつめい)してもらいましたが、作(つく)り方(かた)を忘(わす)れてしまいました。

2）パソコンを落(お)としましたから、壊(こわ)れてしまいました。

3）気(き)を付(つ)けていましたが、大切(たいせつ)な書類(しょるい)をなくしてしまいました。

4）冷(つめ)たいジュースをたくさん飲(の)みましたから、お腹(なか)が痛(いた)くなってしまいました。

5）いつも軽(かる)いものしか入(い)れませんが、この袋(ふくろ)は破(やぶ)れてしまいました。

6）あの漢字(かんじ)は難(むずか)しいですから、テストの時(とき)、間違(まちが)えてしまいました。

(15) 表示完了

～（て形）しまいます / ました

01　1）飲んでしまいます、飲んでしまいました
2）作ってしまいます、作ってしまいました
3）やってしまいます、やってしまいました
4）しまってしまいます、しまってしまいました
5）話してしまいます、話してしまいました
6）覚えてしまいます、覚えてしまいました
7）片付けてしまいます、片付けてしまいました
8）換えてしまいます、換えてしまいました
9）説明してしまいます、説明してしまいました
10）持って来てしまいます、持って来てしまいました

02　1）先に晩ごはんを作ってしまいます。
2）この本は昨日の晩全部読んでしまいました。
3）今日の午後あそこにあるごみを捨ててしまいます。
4）もう部屋を片付けてしまいました。
5）あの事は彼女に全部話してしまいました。
6）会議で使う資料はもう作ってしまいました。

(16) 表示某物已預備好

～（他動詞て形）あります　（為了某目的而）～著

01　1）置いてあります
2）飾ってあります
3）貼ってあります
4）消してあります
5）しまってあります
6）並べてあります
7）植えてあります
8）閉めてあります
9）開けてあります

１０）入れてあります

02 1）開けてあります

2）車が止めてあります

3）名前が書いてあります

4）テーブルが置いてあります

5）いろいろな絵が貼ってあります

6）はさみがしまってあります

7）花が植えてあります

8）コップが並べてあります

(17) 表示預作準備

～（他動詞て形）おきます　事先做好～ / 放置不管

01 1）飾っておきます

2）置いておきます

3）探しておきます

4）消しておきます

5）書いておきます

6）決めておきます

7）片付けておきます

8）つけておきます

9）練習しておきます

１０）来ておきます

02 1）午後会議がありますから、資料をコピーしておきます。

2）来月外国へ旅行に行きますから、パスポートを準備しておきます。

3）家で誕生日パーティーをしますから、部屋を飾っておきます。

4）来週レポートを書かなければなりませんから、資料を集めておきます。

5）もうすぐ試験がありますから、単語を復習しておきます。

6）午後お客さんが来ますから、お菓子を買っておきます。

03 1）このお茶を飲んでもいいですか。

— どうぞ。飲んだら、コップを洗っておいてください。

2）この部屋でパーティーをしてもいいですか。

— どうぞ。終わったら、ごみをまとめておいてください。

3）この教室の椅子を使ってもいいですか。

— どうぞ。使ったら、教室の隅に置いておいてください。

4）そのガイドブックを見てもいいですか。

— どうぞ。見たら、行きたいところをメモしておいてください。

04

1）まとめて

2）入れて

3）つけて

4）掛けて

5）そのままにして

(18) 表示原因

A. ～（動詞て形 / 動詞ない形 + なくて / 形容詞て形）、…

因為～，所以…

01

1）もらって

2）見て

3）とられて

4）なくて

5）行けなくて

6）会えなくて

7）難しくて

8）痛くて

9）複雑で

10）邪魔で

02

1）誰かにかばんを持って行かれて、大変でした。

2）明日は用事があって、お祭りを見に行けません。

3）質問に答えられなくて、困りました。

4）クラスに友達がいなくて、とても寂しいです。

5）試験の問題が難しくて、諦めてしまいました。

6）子どものことが心配で、あまり寝られませんでした。

B. ～（名詞）で、…　　因為～，所以…

01　1）火事で隣の家が焼けました。

2）雪で電車や新幹線が止まりました。

3）雷で電話とテレビが壊れてしまいました。

4）飛行機の事故で空港が使えなくなりました。

(19) 表示嘗試

～（て形）みます　　試著～

01　1）行ってみます

2）やってみます

3）聞いてみます

4）入ってみます

5）はいてみます

6）食べてみます

7）調べてみます

8）見てみます

9）相談してみます

10）来てみます

02　1）この眼鏡をかけてみてもいいですか。

— ええ、どうぞかけてみてください。

2）このパソコンを使ってみてもいいですか。

— ええ、どうぞ使ってみてください。

3）このＣＤを聞いてみてもいいですか。

— ええ、どうぞ聞いてみてください。

4）このパンを食べてみてもいいですか。

— ええ、どうぞ食べてみてください。

5）このベッドに寝てみてもいいですか。

— ええ、どうぞ寝てみてください。

6）このバイクに乗ってみてもいいですか。

— ええ、どうぞ乗ってみてください。

03　1）電話してみて
2）泊まってみ
3）持ってみた
4）食べてみる
5）聞いてみた
6）見に行ってみ

(20) 表示受惠（下對上）

AはBに～（て形）いただきます　　B 幫忙／為／給 A 做～
Aはわたしに～（て形）くださいます　　A 幫我做～

01　1）書いていただきます、書いてくださいます
2）貸していただきます、貸してくださいます
3）連れて行っていただきます、連れて行ってくださいます
4）話していただきます、話してくださいます
5）聞いていただきます、聞いてくださいます
6）換えていただきます、換えてくださいます
7）見せていただきます、見せてくださいます
8）教えていただきます、教えてくださいます
9）説明していただきます、説明してくださいます
10）来ていただきます、来てくださいます

02　1）わたしたちは田中さんに大阪を案内していただきました。
2）わたしは先生にもう一度説明していただきました。
3）わたしは社長に資料を見せていただきました。
4）わたしは先生に本を貸していただきました。

03　1）田中さんは大阪を案内してくださいました。
2）先生はもう一度説明してくださいました。
3）社長は資料を見せてくださいました。
4）先生は本を貸してくださいました。

(21) 表示施捨（上對下）

AはBに～（て形）やります　　A 幫忙／為／給 B做～

01　1）迎えに行ってやります
2）貸してやります
3）直してやります
4）持ってやります
5）作ってやります
6）見せてやります
7）かけてやります
8）入れてやります
9）修理してやります
10）来てやります

02　1）わたしは子どもにお菓子を買ってやりました。
2）わたしは子どもに絵を描いてやりました。
3）わたしは子どもを駅まで送ってやりました。
4）わたしは子どもを散歩に連れて行ってやりました。
5）わたしは子どものおもちゃを直してやりました。
6）わたしは子どもの部屋を掃除してやりました。

(22) 禮貌請求

～（て形）くださいませんか　　能不能麻煩你～

01　1）手伝ってくださいませんか
2）貸してくださいませんか
3）話してくださいませんか
4）連れて行ってくださいませんか
5）待ってくださいませんか
6）取り替えてくださいませんか
7）教えてくださいませんか
8）見てくださいませんか
9）確認してくださいませんか

１０）来てくださいませんか

02 １）初めてレポートを書くので、書き方を教えてくださいませんか。

２）日本語が正しいかどうかわからないので、この作文を見ていただけませんか。

３）帰る時間が遅くなると思うので、空港まで迎えに来てくださいませんか。

４）英語のほうがよくわかるので、英語で説明してくださいませんか。

５）よく聞こえなかったので、もう少し大きい声で話してくださいませんか。

６）行き方を忘れてしまったので明日一緒に来てくださいませんか。

(23) 禮貌請求２

～（て形）いただけませんか　　能不能麻煩您～

01 １）手伝っていただけませんか

２）貸していただけませんか

３）渡していただけませんか

４）持って行っていただけませんか

５）立っていただけませんか

６）つけていただけませんか

７）教えていただけませんか

８）見ていただけませんか

９）案内していただけませんか

１０）来ていただけませんか

02 １）初めて東京へ行くので、案内していただけませんか。

２）財布を持っていないので、お金を貸していただけませんか。

３）会場の近くに駐車場がないので、電車で来ていただけませんか。

４）この文型の使い方があまりわからないので、もう一度教えていただけませんか。

５）ちょっと暑いので、クーラーをつけていただけませんか。

６）来月日本へ出張に行くので、ホテルを予約していただけませんか。

(24) 表示動作者完成某事後回來

～（て形）きます　做完某動做後，就回來

01
1）探してきます
2）行ってきます
3）呼んできます
4）見てきます
5）休んできます
6）出かけてきます
7）片付けてきます
8）数えてきます
9）伝えてきます
10）相談してきます

02
1）田中さんを呼んできます。
2）お菓子を買ってきます。
3）あそこに荷物を置いてきます。
4）あそこに自転車を止めてきます。
5）幼稚園まで子どもを迎えに行ってきます。
6）先生に質問してきます。

03
1）このジュース、前の店で買ってきました。
2）資料がちょっと足りません。事務所でコピーしてきましょうか。
3）あそこにある荷物をまとめてきていただけませんか。
4）後で予定を確認してくるつもりです。
5）家の前の車は別のところに止めてきたほうがいいですか。
6）さっきの会議で来月の予定が決まったのであそこに書いてきます。

Chapter4. ない形

（1）動詞的ない形變化方式

三種動詞的ない形變化

I	1）吸わない	2）入らない	3）飲まない	4）遊ばない
	5）聞かない	6）急がない	7）消さない	8）使わない
	9）持たない	10）座らない	11）休まない	12）呼ばない
	13）書かない	14）泳がない	15）なくさない	16）手伝わない
	17）待たない	18）話さない	19）ない	
II	20）止めない	21）覚えない	22）見せない	23）開けない
	24）忘れない	25）かけない	26）入れない	27）やめない
	28）教えない	29）浴びない	30）見ない	31）いない
III	32）しない	33）心配しない	34）来ない	

（2）禮貌禁止

～（ない形）ないでください　　請勿～

01

1）話さないでください
2）入らないでください
3）遊ばないでください
4）見ないでください
5）消さないでください
6）忘れないでください
7）止めないでください
8）教えないでください
9）しないでください
10）来ないでください

02

1）中は禁煙ですから、たばこを吸わないでください。
2）とても大切ですから、この書類をなくさないでください。
3）わたしは大丈夫ですから、心配しないでください。

4）試験ですから、辞書を使わないでください。

5）古い絵ですから、この絵に触らないでください。

6）明日のチケットですから、家に忘れないでください。

（3）表示義務

～（ない形）なければなりません　必須～

01　1）飲まなければなりません

2）払わなければなりません

3）返さなければなりません

4）乗らなければなりません

5）置かなければなりません

6）浴びなければなりません

7）出かけなければなりません

8）覚えなければなりません

9）残業しなければなりません

10）来なければなりません

02　1）1か月に何回出張しなければなりませんか。

— 2、3回出張しなければなりません。

2）いくらお金を払わなければなりませんか。

— 1万円払わなければなりません。

3）何を持って来なければなりませんか。

— 保険証を持って来なければなりません。

4）どこへ行かなければなりませんか。

— 先生の部屋へ行かなければなりません。

（4）表示非必要性

～（ない形）なくてもいいです　不～也可以

01　1）急がなくてもいいです

2）立たなくてもいいです

3）直さなくてもいいです

4）出さなくてもいいです
5）浴びなくてもいいです
6）脱がなくてもいいです
7）借りなくてもいいです
8）食べなくてもいいです
9）しなくてもいいです
10）持って来なくてもいいです

02 1）明日の朝は会議がありますから、10時までに来なければなりません。
2）暑くないですから、エアコンをつけなくてもいいです。
3）今晩は外で食べますから、料理をしなくてもいいです。
4）今日は子どもの誕生日ですから、早く帰らなければなりません。
5）今日はもう仕事が終わりましたから、残業しなくてもいいです。
6）パスポートをなくしましたから、新しいのを作らなければなりません。

（5）表示動作在某狀態下進行

～（て形 / ない形 + ないで）、…　　在～ / 沒在～的狀態下，…

01 1）持って、持たないで
2）さして、ささないで
3）貼って、貼らないで
4）座って、座らないで
5）消して、消さないで
6）履いて、履かないで
7）食べて、食べないで
8）入れて、入れないで
9）つけて、つけないで
10）して、しないで

02 1）靴下をはいて寝ますか。
— いいえ、はかないで寝ます
2）部屋を飾ってパーティーをしますか。
— いいえ、飾らないでします。
3）エアコンをつけて寝ましたか。

— いいえ、つけないで寝ました。

4）切手を貼って手紙を出しましたか。

— いいえ、貼らないで出しました。

5）朝ごはんを食べて学校へ行きますか。

— いいえ、食べないで行きます。

6）弁当を持って出かけましたか。

— いいえ、持たないで出かけました。

03 1）して

2）入れて

3）磨かないで

4）着て

5）持たないで

（6）表示取捨

～（ない形）ないで…　　不～而…

01 1）先生に質問しないで辞書で調べました。

2）冷蔵庫に入れないであそこに置いておいてください。

3）逃げないでここでちょっと待ちましょう。

4）働かないで外国へ留学します。

5）試合に出ないで一人で練習します。

6）何もしないで家で休みます。

Chapter.5 辞書形

（1）三種動詞的辞書形變化

Ⅰ　１）行く　２）帰る　３）吸う　４）買う　５）飲む

６）書く　７）撮る　８）もらう　９）貸す　１０）習う

１１）泳ぐ　１２）遊ぶ　１３）持つ　１４）消す　１５）話す

１６）使う　１７）住む　１８）作る　１９）売る

Ⅱ　２０）寝る　２１）食べる　２２）教える　２３）かける　２４）見せる

２５）止める　２６）覚える　２７）集める　２８）起きる　２９）見る

３０）借りる　３１）浴びる

Ⅲ　３２）する　３３）運転する　３４）来る

（2）表示能力

～（辞書形 + こと / 名詞）ができます　　能 / 會 / 可以～

01

1）書くことができます

2）弾くことができます

3）歌うことができます

4）飲むことができます

5）話すことができます

6）作ることができます

7）払うことができます

8）借りることができます

9）買い物することができます

１０）来ることができます

02

1）お酒をたくさん飲むことができます。

2）日本語を話すことができます。

3）日本語の歌を歌うことができます。

4）100 メートル泳ぐことができます。

5）おいしい日本料理を作ることができます。

6）難しい漢字を書くことができます。

03 1）この図書館で 2 週間本を借りることができます。

2）日本できれいな桜を見ることができます。

3）コンビニでコーヒーを飲むことができます。

4）レストランの外でたばこを吸うことができます。

5）この本できれいな絵のかき方を勉強することができます。

6）あのバスに 40 人乗ることができます。

（3）表示興趣

～の趣味は～（辞書形 ＋ こと ／ 名詞） です　　誰的興趣是～

01 1）聞くことです

2）見ることです

3）乗ることです

4）作ることです

5）書くことです

6）弾くことです

7）出かけることです

8）集めることです

9）散歩することです

10）旅行することです

02 1）わたしの趣味は泳ぐことです。

2）わたしの趣味は本を読むことです。

3）わたしの趣味は写真を撮ることです。

4）わたしの趣味はダンスをすることです。

5）わたしの趣味はピアノを弾くことです。

6）わたしの趣味は自転車に乗ることです。

（4）表示動作先後

～（辞書形 ／ 名詞 ＋ の ／ 時間．期間） まえに、…　　在～之前，先…

01 1）遊ぶまえに

2）入(はい)るまえに

3）脱(ぬ)ぐまえに

4）乗(の)るまえに

5）返(かえ)すまえに

6）呼(よ)ぶまえに

7）忘(わす)れるまえに

8）捨(す)てるまえに

9）結婚(けっこん)するまえに

10）来(く)るまえに

02 1）外国(がいこく)へ旅行(りょこう)に行(い)くまえに、お金(かね)を換(か)えます。

2）バスに乗(の)るまえに、昼(ひる)ごはんを買(か)います。

3）課長(かちょう)に会(あ)うまえに、資料(しりょう)をコピーします。

4）出(で)かけるまえに、上着(うわぎ)を着(き)ます。

5）本(ほん)を返(かえ)すまえに、中(なか)を見(み)ます。

6）遊(あそ)びに行(い)くまえに、母(はは)を手伝(てつだ)います。

（5）～（辞書形(じしょけい)）と、…　　一～，就…／一～就可以看到…

01 1）回(まわ)すと

2）引(ひ)くと

3）飲(の)むと

4）触(さわ)ると

5）渡(わた)ると

6）曲(ま)がると

7）閉(し)めると

8）開(あ)けると

9）すると

10）来(く)ると

02 1）押(お)す

2）回(まわ)す

3）渡(わた)る

4）曲(ま)がる

5）降りる
6）引く
7）触る
8）変える

（6）表示內心意願

～（辞書形 / ない形 + ない）つもりです　　打算～

01
1）買うつもりです、買わないつもりです
2）休むつもりです、休まないつもりです
3）住むつもりです、住まないつもりです
4）乗るつもりです、乗らないつもりです
5）習うつもりです、習わないつもりです
6）借りるつもりです、借りないつもりです
7）着るつもりです、着ないつもりです
8）換えるつもりです、換えないつもりです
9）研究するつもりです、研究しないつもりです
10）連れて来るつもりです、連れて来ないつもりです

02
1）買うつもりです
2）住まないつもりです
3）受けるつもりです
4）帰らないつもりです
5）出すつもりです
6）参加しないつもりです

（7）表示目的（非意志動詞）

～（辞書形 / ない形 + ない）ように、…　　為了～，…

01
1）わかるように
2）見えるように
3）間に合うように
4）治るように

5）作れるように

6）話せるように

7）腐らないように

8）会わないように

9）ならないように

10）遅れないように

11）間違えないように

12）心配しないように

02 1）作れるように

2）なるように

3）話せるように

4）治るように

5）あわないように

6）聞こえないように

7）わかるように

8）忘れないように

（8）表示能力變化

～（非意志動詞辭書形）ようになりました／

～（非意志動詞ない形＋なく）なりました

變得能／不能～

01 1）できるようになりました、できなくなりました

2）わかるようになりました、わからなくなりました

3）乗れるようになりました、乗れなくなりました

4）買えるようになりました、買えなくなりました

5）食べられるようになりました、食べられなくなりました

6）見られるようになりました、見られなくなりました

7）着られるようになりました、着られなくなりました

8）使えるようになりました、使えなくなりました

9）見えるようになりました、見えなくなりました

10）来られるようになりました、来られなくなりました

02 1）日本料理が作れるようになりました。

2）いろいろな日本の歌が歌えるようになりました。

3）テレビの日本語がだいたいわかるようになりました。

4）日本語で電話がかけられるようになりました。

5）一人で旅行できるようになりました。

6）外で食事できなくなりました。

7）ズボンがはけなくなりました。

8）遅く帰らなくなりました。

03 1）ケータイで写真が撮れるようになりました。

2）ケータイでホテルが予約できるようになりました。

3）ケータイで友達の写真が見られるようになりました。

4）ケータイでテレビが見られるようになりました。

5）ケータイで買い物ができるようになりました。

6）ケータイで友達に連絡できるようになりました。

（9）表示維持某習慣

～（辞書形 / ない形 + ない）ようにしています

盡量～／盡量不～

01 1）磨くようにしています

2）帰るようにしています

3）寝るようにしています

4）食べるようにしています

5）運動するようにしています

6）休まないようにしています

7）吸わないようにしています

8）遅れないようにしています

9）無理をしないようにしています

10）持って来ないようにしています

02 1）寝るようにしています

2）確認するようにしています
3）貯金するようにしています
4）帰るようにしています
5）食べないようにしています
6）使わないようにしています
7）無理をしないようにしています
8）残業しないようにしています

(10) 禮貌請求對方保持做／不做某事

～（辞書形 / ない形 + ない）ようにしてください

請～／請勿～　＊比「～てください」委婉

01
1）守るようにしてください
2）消すようにしてください
3）片付けるようにしてください
4）伝えるようにしてください
5）連絡するようにしてください
6）騒がないようにしてください
7）冷やさないようにしてください
8）書かないようにしてください
9）忘れないようにしてください
10）連れて来ないようにしてください

02
1）心配ですから、毎日帰る時間を連絡するようにしてください。
2）体によくないですから、甘い飲み物はあまり飲まないようにしてください。
3）大切なものですから、使うときはいつも気をつけるようにしてください。
4）小さい声だったら後ろまで聞こえませんから、大きい声で話すようにしてください。
5）すぐに壊れてしまいますから、安い家具は買わないようにしてください。
6）国へ帰れませんから、パスポートをなくさないようにしてください。

(11) 表示目的（意志動詞）

～（辞書形 / 名詞 + の）ために、…　　為了～，…

01　1）入るために

2）住むために

3）飼うために

4）運ぶために

5）なるために

6）考えるために

7）結婚するために

8）来るために

9）家族のために

10）教育のために

02　1）学校の先生になるために、大学に入るつもりです。

2）お祭りに参加するために、踊りを覚えました。

3）漢字をたくさん覚えるために、毎日勉強します。

4）家族にあげるために、いろいろなお土産を買いました。

5）論文を書くために、毎日図書館で資料を探しています。

6）日本文化を研究するために、日本へ留学しようと思っています。

03　1）将来のために、これも勉強しておいたほうがいいです。

2）健康のために、野菜や果物をたくさん食べるようにしています。

3）彼女のために、有名なレストランを予約しました。

4）家族のために、これからも一生懸命働きます。

(12) 表示用途

～（辞書形 + の / 名詞）に…　　用於～

01　1）作るのに

2）測るのに

3）知るのに

4）包むのに

5）切るのに

6）育てるのに

7）入れるのに

8）建てるのに

9）勉強するのに

１０）来るのに

02 1）お年玉を入れるのに使います。

2）蟹を食べるのに使います。

3）お茶をいれるのに使います。

4）英語を教えるのに使います。

5）部屋の掃除に使います。

6）機械の修理に使います。

03 1）切るのに

2）旅行に

3）行くのに

4）書くのに

5）勉強に

04 1）アパートを借りるのに６万円かかります。

2）インターネットを使うのに１万円かかります。

3）電車で大学に通うのに１万円かかります。

4）毎日の食事に４万円かかります。

5）引越しの荷物をまとめるのに２日かかります。

6）新しいアパートを探すのに１か月かかります。

(13) 動詞轉為名詞１

～（辞書形）のは…

01 1）話すのは

2）運ぶのは

3）飲むのは

4）通うのは

5）入るのは

6）続(つづ)けるのは

7）浴(あ)びるのは

8）覚(おぼ)えるのは

9）持(も)って来(く)るのは

10）参加(さんか)するのは

02 1）ゆっくりお風呂(ふろ)に入(はい)るのは気持(きも)ちがいいです。

2）毎日(まいにち)遅(おそ)い時間(じかん)までゲームするのは体(からだ)によくないと思(おも)います。

3）ケータイを見(み)ながら車(くるま)を運転(うんてん)するのは危(あぶ)ないです。

4）山田(やまだ)さんが早(はや)く会社(かいしゃ)に来(く)るのは珍(めずら)しいです。

5）一人(ひとり)でこのレポートを書(か)くのは大変(たいへん)です。

6）先生(せんせい)に言(い)われたとおりにするのは簡単(かんたん)です。

(14) 動詞轉為名詞2

～（辞書形(じしょけい)）のが…

01 1）言(い)うのが

2）作(つく)るのが

3）歩(ある)くのが

4）書(か)くのが

5）走(はし)るのが

6）起(お)きるのが

7）褒(ほ)めるのが

8）育(そだ)てるのが

9）来(く)るのが

10）散歩(さんぽ)するのが

02 1）母(はは)は古(ふる)いお寺(てら)を見(み)るのが好(す)きです。

2）兄(あに)は走(はし)るのが速(はや)いです。

3）姉(あね)はご飯(はん)を食(た)べるのが遅(おそ)いです。

4）弟(おとうと)はピアノを弾(ひ)くのが下手(へた)です。

5）妹(いもうと)は友達(ともだち)のいいところを見(み)つけるのが上手(じょうず)です。

03 1）わたしは食(た)べるのが遅(おそ)いんです。

2）わたしはこのカメラで写真(しゃしん)を撮(と)るのが好(す)きなんです。

3）私(わたし)は絵(え)をかくのが下手(へた)なんです。

4）田中(たなか)さんはお菓子(かし)を作(つく)るのが上手(じょうず)なんです。

(15) 表示未來計劃

「V辞書形(じしょけい)／Nの　予定(よてい)です」　　預定做～

01

1）始(はじ)まる予定(よてい)です

2）選(えら)ぶ予定(よてい)です

3）通(かよ)う予定(よてい)です

4）飼(か)う予定(よてい)です

5）続(つづ)ける予定(よてい)です

6）受(う)ける予定(よてい)です

7）卒業(そつぎょう)の予定(よてい)です

8）出席(しゅっせき)の予定(よてい)です

02

1）アメリカへ行(い)く予定(よてい)です。/アメリカの予定(よてい)です。

2）来月(らいげつ)帰(かえ)る予定(よてい)です。/来月(らいげつ)の予定(よてい)です。

3）明日(あした)届(とど)く予定(よてい)です。/明日(あした)の予定(よてい)です。

4）来週(らいしゅう)から咲(さ)く予定(よてい)です。　/　来週(らいしゅう)からの予定(よてい)です。

5）出張(しゅっちょう)する予定(よてい)です。/出張(しゅっちょう)の予定(よてい)です。

6）出席(しゅっせき)する予定(よてい)です。/出席(しゅっせき)の予定(よてい)です。

7）参加(さんか)する予定(よてい)です。/参加(さんか)の予定(よてい)です。

8）就職(しゅうしょく)する予定(よてい)です。/就職(しゅうしょく)の予定(よてい)です。

Chapter.6　た形

（1）動詞的た形變化方式

三種動詞的た形變化

Ⅰ　1）待った　2）泊まった　3）飲んだ　4）遊んだ　5）行った

6）泳いだ　7）話した　8）習った　9）立った　10）撮った

11）書いた　12）消した　13）買った　14）持った　15）作った

16）貸した　17）使った　18）売った　19）弾いた

Ⅱ　20）寝た　21）食べた　22）教えた　23）かけた　24）見せた

25）止めた　26）覚えた　27）集めた　28）起きた　29）見た

30）借りた　31）浴びた

Ⅲ　32）した　33）運転した　34）来た

（2）表示過去經驗

～（た形）ことがあります　曾經～過

01

1）行ったことがあります

2）もらったことがあります

3）泳いだことがあります

4）作ったことがあります

5）泊まったことがあります

6）見たことがあります

7）食べたことがあります

8）教えたことがあります

9）研究したことがあります

10）来たことがあります

02

1）日本で桜を見たことがあります。

2）日本語で友達に手紙を書いたことがあります。

3）有名なワインを飲んだことがあります。

4）アメリカ人の友達の家に泊まったことがあります。

5）すき焼きの作り方を習ったことがあります。
6）沖縄へ遊びに行ったことがあります。

（3）表示動作列舉

～（た形）り、…（た形）りします　　做～做…

01
1）話したり
2）遊んだり
3）吸ったり
4）読んだり
5）会ったり
6）入ったり
7）見たり
8）教えたり
9）掃除したり
10）来たり

02
1）明日、友達に会ったり、買い物したりします。
2）日曜日、映画を見たり、おいしい物を食べたりします。
3）夜、彼女に電話したり、ゆっくりお風呂に入ったりします。
4）昨日の晩、パーティーで踊ったり、歌ったりしました。
5）去年、日本へ遊びに行ったり、日本語の勉強を始めたりしました。
6）先週、会社の人とカラオケに行ったり、お酒を飲んだりしました。

03
1）資料を作ったり、コピーしたりしなければなりません。
2）はい、日本で納豆を食べたり、歌舞伎を見たりしたことがあります。
3）はい、英語で手紙を書いたり、電話をかけたりすることができます。
4）いいですね。タイでおいしい料理を食べたり、有名なお寺を見たりしましょう。
5）写真を撮ったり、本を読んだりすることです。
6）いいえ、辞書を使ったり、本を見たりしないでください。

（4）假設條件

～（た形）ら、…　　～的話，…

01

1）飲んだら、飲まなかったら

2）あったら、なかったら

3）取ったら、取らなかったら

4）足りたら、足りなかったら

5）考えたら、考えなかったら

6）予約したら、予約しなかったら

7）来たら、来なかったら

8）忙しかったら、忙しくなかったら

9）安かったら、安くなかったら

10）よかったら、よくなかったら

11）好きだったら、好きじゃなかったら

12）有名だったら、有名じゃなかったら

13）暇だったら、暇じゃなかったら

14）病気だったら、病気じゃなかったら

15）日曜日だったら、日曜日じゃなかったら

02

1）明日雨が降ったら、G

2）タクシーが来なかったら、F

3）ゆっくり考えたら、E

4）もう少し安かったら、C

5）おいしかったら、D

6）来週の日曜日暇だったら、B

03

1）お金がたくさんあったら、何を買いたいですか。

— 家を買いたいです。

2）寂しかったら、どうしますか。

— 家族に電話をかけます。

3）有名な人に会ったら、何をしたいですか。

— 一緒に写真を撮りたいです。

4）仕事が忙しくなかったら、どこへ遊びに行きたいですか。

— 北海道へ遊びに行きたいです。

5）天気がよかったら、出かけますか。

— いいえ、家でテレビを見ます。

（5）表示某動作之後再接著另一動作

～（た形）ら、…　　～之後，…

01

1）着いたら

2）大人になったら

3）帰ったら

4）入ったら

5）あったら

6）やめたら

7）出たら

8）乗り換えたら

9）卒業したら

10）来たら

02

1）家へ帰ったら、すぐに宿題をします。

2）夏休みになったら、アメリカにいる友達に会いに行きます。

3）高校を出たら、料理の学校に入りたいです。

4）食事が終わったら、映画を見に行きませんか。

5）65歳になったら、仕事をやめます。

6）近くの駅に着いたら、電話してください。

（6）表示建議

～（た形 / ない形 + ない）ほうがいいです　　最好～／最好不要～

01

1）冷やしたほうがいいです、冷やさないほうがいいです

2）読んだほうがいいです、読まないほうがいいです

3）休んだほうがいいです、休まないほうがいいです

4）話したほうがいいです、話さないほうがいいです

5）使ったほうがいいです、使わないほうがいいです
6）見たほうがいいです、見ないほうがいいです
7）続けたほうがいいです、続けないほうがいいです
8）出たほうがいいです、出ないほうがいいです
9）運動したほうがいいです、運動しないほうがいいです
10）来たほうがいいです、来ないほうがいいです

02 1）寝たほうがいいです。
2）休んだほうがいいです。
3）冷やしたほうがいいです。
4）運動したほうがいいです。
5）たばこを吸わないほうがいいです。
6）飲まないほうがいいです。
7）お風呂に入らないほうがいいです。
8）無理をしないほうがいいです。

03 1）行かないほうがいいです
2）旅行に行ったほうがいいです
3）使わないほうがいいです
4）復習したほうがいいです
5）飲まないほうがいいです
6）寝たほうがいいです

（7）表示遵循

～（た形 / 名詞 + の）とおりに、…　　按照～，做…

01 1）聞いたとおりに
2）読んだとおりに
3）習ったとおりに
4）教えたとおりに
5）教えてもらったとおりに
6）書いたとおりに
7）書いてあったとおりに

8）やったとおりに
9）見たとおりに
10）したとおりに

02
1）説明したとおりに、組み立ててください。
2）さっきやったとおりに、やってください。
3）昨日教えてもらったとおりに、踊ってください。
4）CDで聞いたとおりに、言ってください。
5）説明書のとおりに、作ってください。
6）この地図のとおりに、行ってください。

（8）表示動做先後

～（た形 / 名詞 + の）あとで、…　　做完～後，做…

01
1）磨いたあとで
2）始まったあとで
3）入ったあとで
4）帰ったあとで
5）終わったあとで
6）入れたあとで
7）伝えたあとで
8）見たあとで
9）したあとで
10）来たあとで

02
1）映画を見たあとで、食事に行きます。
2）プールで泳いだあとで、あそこで休みます。
3）部屋を片付けたあとで、出かけます。
4）会議が終わったあとで、レポートを書きます。
5）テレビを見たあとで、宿題をします。
6）晩ごはんの / 晩ごはんを食べた あとで、お風呂に入ります。

（9）表示動作剛剛完了

～（た形(けい)）ばかりです　　才剛～

01　1）始(はじ)まったばかりです

2）買(か)ったばかりです

3）焼(や)いたばかりです

4）通(とお)ったばかりです

5）直(なお)したばかりです

6）生(う)まれたばかりです

7）出(で)たばかりです

8）寝(ね)たばかりです

9）来(き)たばかりです

10）退院(たいいん)したばかりです

02　1）このパソコンは先月(せんげつ)買(か)ったばかりです。

2）大学(だいがく)の授業(じゅぎょう)は先週(せんしゅう)始(はじ)まったばかりです。

3）昨日(きのう)日本語(にほんご)の勉強(べんきょう)を始(はじ)めたばかりです。

4）レポートは今朝(けさ)先生(せんせい)に見(み)ていただいたばかりです。

03　1）1週間前(しゅうかんまえ)に生(う)まれたばかりです。

2）さっき食堂(しょくどう)で昼(ひる)ご飯(はん)を食(た)べたばかりです。

3）3日前(みっかまえ)に今(いま)の会社(かいしゃ)に入(はい)ったばかりです。

4）去年(きょねん)、買(か)ったばかりです。

（10）表示動作進行階段

～「辞書形(じしょけい) / （て形(けい)）　＋ている / （た形(けい)）＋た」ところです

01　1）焼(や)くところです、焼(や)いているところです、焼(や)いたところです

2）探(さが)すところです、探(さが)しているところです、探(さが)したところです

3）入(はい)るところです、入(はい)っているところです、入(はい)ったところです

4）聞(き)くところです、聞(き)いているところです、聞(き)いたところです

5）使(つか)うところです、使(つか)っているところです、使(つか)ったところです

6）やるところです、やっているところです、やったところです

7）数(かぞ)えるところです、数(かぞ)えているところです、数(かぞ)えたところです

8）片(かた)づけるところです、片(かた)づけているところです、片(かた)づけたところです

9）考(かんが)えるところです、考(かんが)えているところです、考(かんが)えたところです

10）用意(ようい)するところです、用意(ようい)しているところです、用意(ようい)したところです

02

1）いいえ、ちょうど今(いま)から入(はい)るところです。

2）いいえ、今(いま)から決(き)めるところです。

3）いいえ、これからまとめるところです。

4）いいえ、今(いま)から修理(しゅうり)してもらうところです。

03

1）ちょうど論文(ろんぶん)に必要(ひつよう)な資料(しりょう)を集(あつ)めているところです。

2）吉田(よしだ)さんは今(いま)、大学(だいがく)の先生(せんせい)に電話(でんわ)をかけているところです。

3）ちょうど新(あたら)しい仕事(しごと)を探(さが)しているところです。

4）今(いま)、犬(いぬ)と公園(こうえん)を散歩(さんぽ)しているところです。

04

1）はい、たった今(いま)寝(ね)たところです。

2）ええ、たった今(いま)できたところですから。

3）いいえ、さっき終(お)わったところです。

4）ええ、今(いま)起(お)きたところですから。

05

1）調(しら)べているところ

2）帰(かえ)ったところです

3）飲(の)むところです

4）焼(や)いているところです

5）始(はじ)まるところな

6）寝(ね)ているところです

Chapter.7　普通形（動詞・形容詞・名詞）

（1）普通形的變化方式

普通形的各類詞性變化方式

動詞

Ⅰ

1）働く、働かない、働いた、働かなかった

2）飲む、飲まない、飲んだ、飲まなかった

3）ある、ない、あった、なかった

4）かかる、かからない、かかった、かからなかった

5）手伝う、手伝わない、手伝った、手伝わなかった

6）使う、使わない、使った、使わなかった

7）払う、払わない、払った、払わなかった

8）入る、入らない、入った、入らなかった

9）泊まる、泊まらない、泊まった、泊まらなかった

10）書く、書かない、書いた、書かなかった

11）なくす、なくさない、なくした、なくさなかった

12）降る、降らない、降った、降らなかった

13）呼ぶ、呼ばない、呼んだ、呼ばなかった

14）待つ、待たない、待った、待たなかった

15）要る、要らない、要った、要らなかった

Ⅱ

16）食べる、食べない、食べた、食べなかった

17）あげる、あげない、あげた、あげなかった

18）いる、いない、いた、いなかった

19）疲れる、疲れない、疲れた、疲れなかった

20）降りる、降りない、降りた、降りなかった

21）できる、できない、できた、できなかった

22）捨てる、捨てない、捨てた、捨てなかった

２３）調(しら)べる、調(しら)べない、調(しら)べた、調(しら)べなかった

III

２４）する、しない、した、しなかった

２５）残業(ざんぎょう)する、残業(ざんぎょう)しない、残業(ざんぎょう)した、残業(ざんぎょう)しなかった

２６）練習(れんしゅう)する、練習(れんしゅう)しない、練習(れんしゅう)した、練習(れんしゅう)しなかった

２７）来(く)る、来(こ)ない、来(き)た、来(こ)なかった

２８）持(も)ってくる、持(も)ってこない、持(も)ってきた、持(も)ってこなかった

い形容詞(けいようし)・な形容詞(けいようし)・名詞(めいし)

1）熱(あつ)い、熱(あつ)くない、熱(あつ)かった、熱(あつ)くなかった

2）近(ちか)い、近(ちか)くない、近(ちか)かった、近(ちか)くなかった

3）暖(あたた)かい、暖(あたた)かくない、暖(あたた)かかった、暖(あたた)かくなかった

4）狭(せま)い、狭(せま)くない、狭(せま)かった、狭(せま)くなかった

5）若(わか)い、若(わか)くない、若(わか)かった、若(わか)くなかった

6）明(あか)るい、明(あか)るくない、明(あか)るかった、明(あか)るくなかった

7）眠(ねむ)い、眠(ねむ)くない、眠(ねむ)かった、眠(ねむ)くなかった

8）いい、よくない、よかった、よくなかった

9）欲(ほ)しい、欲(ほ)しくない、欲(ほ)しかった、欲(ほ)しくなかった

１０）上手(じょうず)だ、上手(じょうず)じゃない、上手(じょうず)だった、上手(じょうず)じゃなかった

１１）大変(たいへん)だ、大変(たいへん)じゃない、大変(たいへん)だった、大変(たいへん)じゃなかった

１２）大丈夫(だいじょうぶ)だ、大丈夫(だいじょうぶ)じゃない、大丈夫(だいじょうぶ)だった、大丈夫(だいじょうぶ)じゃなかった

１３）学校(がっこう)だ、学校(がっこう)じゃない、学校(がっこう)だった、学校(がっこう)じゃなかった

１４）休(やす)みだ、休(やす)みじゃない、休(やす)みだった、休(やす)みじゃなかった

１５）大阪(おおさか)だ、大阪(おおさか)じゃない、大阪(おおさか)だった、大阪(おおさか)じゃなかった

將以下各句轉為普通形

1）遊(あそ)びに行(い)く

2）教(おし)えて

3）話(はな)している

4）入(はい)ってもいい

5）使ってはいけない

6）知っている

7）教えている

8）心配しないで

9）返さなければならない

１０）残業しなくてもいい

１１）歌うことができる

１２）登ったことがある

１３）見たり聞いたりする

１４）きれいになった

（2）普通形（文）

01　1）先週宿題をしなかった。

2）あさってもここへ来る。

3）明日、この本は要らない。

4）昨日家のエアコンを修理した。

5）来週富士山に登る。

6）今日、ケータイを家に忘れた。

7）今晩はお風呂に入らない。

8）去年どこへも旅行に行かなかった。

02　1）今日はとても眠い。

2）昨日の映画はおもしろくなかった。

3）このコピー機はあまりよくない。

4）ホテルの部屋はとても暗かった。

5）新しい車が欲しい。

6）去年の夏は暑くなかった。

7）このカレーは辛くない。

8）わたしは昨日体の調子が悪かった。

03　1）犬より猫のほうが好きだ。

2）高橋さんは大丈夫じゃなかった。

3）試験は大変だった。

4）今日は休みじゃない。

5）先生の奥さんはきれいだ。

6）兄は先週からあまり元気じゃない。

7）昨日のお祭りはにぎやかだった。

8）あの仕事は簡単じゃない。

04　1）わたしは今何も食べたくない。

2）山田さんはあそこで話している。

3）あの部屋に入ってはいけない。

4）わたしの家族は大阪に住んでいる。

5）その資料は返さなくてもいい。

6）英語の歌を歌うことができる。

7）毎日洗濯したり、料理したりしなければならない。

8）田中さんは髪の毛が長くなった。

05　1）行った

2）ううん

3）行かなかった

4）見た

5）見た

6）見た

7）どうだった

8）おもしろかった

9）いいね

10）行かなかった

11）どうして

12）書かなければならないから

13）大変だね

（3）表示自己的想法

～（普通形）と思います　　我覺得（想）～

01　1）来ないと思います

2）帰ったと思います

3）食べなかったと思います

4）役に立つと思います

5）勝つと思います

6）行かなければならないと思います

7）見たことがあると思います

8）いいと思います

9）速くないと思います

10）元気じゃなかったと思います

11）便利だと思います

12）休みじゃないと思います

13）病気だったと思います

02 1）彼は来ないと思います。

2）誰もわからないと思います。

3）A チームが勝つと思います。

4）来週は天気がよくなると思います。

5）先生はもう教室にいないと思います。

6）今年の桜は去年のよりきれいだと思います。

7）デパートは今日も人が多いと思います。

8）あの女の人は大学生だと思います。

03 1）親切だと思います。

2）おもしろいと思います。

3）あまりおいしくないと思います。

4）ええ、便利だと思います。

5）あまり外で遊ばないと思います。

6）ええ。着物はきれいですが、ちょっと大変だと思います。

（4）引述說話內容

～（普通形）と言いました　某人說～

01 1）わからないと言いました

2）食べないと言いました
3）会わなかったと言いました
4）書かなければならないと言いました
5）勉強していると言いました
6）飲んでと言いました
7）入りたいと言いました
8）忙しいと言いました
9）多かったと言いました
10）好きだと言いました
11）上手じゃないと言いました
12）雨だったと言いました
13）休みじゃないと言いました

02 1）田中さんは今日の晩ご飯はカレーだと言いました。
2）山田さんは台湾料理が好きだと言いました。
3）佐藤さんは今日は学校を休みたいと言いました。
4）高橋さんは明日は映画を見に行きたくないと言いました。
5）鈴木さんは今日はとても疲れたと言いました。
6）山下さんはこれは本当に役に立つと言いました。

（5）確認

～（普通形）でしょう？　～吧？

01 1）泊まるでしょう？
2）ないでしょう？
3）聞いたことがあるでしょう？
4）食べに行くでしょう？
5）来なかったでしょう？
6）大きくなったでしょう？
7）来たくないでしょう？
8）高くないでしょう？
9）寒かったでしょう？

10）不便でしょう？

11）有名じゃなかったでしょう？

12）誕生日だったでしょう？

13）大阪じゃないでしょう？

02

1）来週の火曜日は休みでしょう？

2）先生も来るでしょう？

3）仕事は大変だったでしょう？

4）あの店の料理はおいしかったでしょう？

5）東京は本当におもしろい所でしょう？

6）明日もこの本を持っていくでしょう？

（6）説明原因・確認理由

～（普通形）んです

01 動詞

Ⅰ

1）あるんです、ないんです、あったんです、なかったんです

2）やるんです、やらないんです、やったんです、やらなかったんです

3）吸うんです、吸わないんです、吸ったんです、吸わなかったんです

4）勝つんです、勝たないんです、勝ったんです、勝たなかったんです

5）脱ぐんです、脱がないんです、脱いだんです、脱がなかったんです

6）呼ぶんです、呼ばないんです、呼んだんです、呼ばなかったんです

7）着くんです、着かないんです、着いたんです、着かなかったんです

8）渡るんです、渡らないんです、渡ったんです、渡らなかったんです

9）役に立つんです、役に立たないんです、役に立ったんです、役に立たなかったんです

10）飲むんです、飲まないんです、飲んだんです、飲まなかったんです

11）要るんです、要らないんです、要ったんです、要らなかったんです

12）払うんです、払わないんです、払ったんです、払わなかったんです

13）遊ぶんです、遊ばないんです、遊んだんです、遊ばなかったんです

14）聞くんです、聞かないんです、聞いたんです、聞かなかったんです

１５）乗るんです、乗らないんです、乗ったんです、乗らなかったんです

II

１６）遅れるんです、遅れないんです、遅れたんです、遅れなかったんです
１７）忘れるんです、忘れないんです、忘れたんです、忘れなかったんです
１８）出かけるんです、出かけないんです、出かけたんです、出かけなかったんです
１９）生まれるんです、生まれないんです、生まれたんです、生まれなかったんです
２０）乗り換えるんです、乗り換えないんです、乗り換えたんです、乗り換えなかったんです
２１）浴びるんです、浴びないんです、浴びたんです、浴びなかったんです
２２）始めるんです、始めないんです、始めたんです、始めなかったんです
２３）捨てるんです、捨てないんです、捨てたんです、捨てなかったんです

III

２４）するんです、しないんです、したんです、しなかったんです
２５）連絡するんです、連絡しないんです、連絡したんです、連絡しなかったんです
２６）残業するんです、残業しないんです、残業したんです、残業しなかったんです
２７）来るんです、来ないんです、来たんです、来なかったんです
２８）連れてくるんです、連れてこないんです、連れてきたんです、連れてこなかったんです

い形容詞・な形容詞・名詞

1）眠いんです、眠くないんです、眠かったんです、眠くなかったんです
2）寂しいんです、寂しくないんです、寂しかったんです、寂しくなかったんです
3）悪いんです、悪くないんです、悪かったんです、悪くなかったんです
4）欲しいんです、欲しくないんです、欲しかったんです、欲しくなかったんです
5）狭いんです、狭くないんです、狭かったんです、狭くなかったんです

6）高いんです、高くないんです、高かったんです、高くなかったんです

7）暑いんです、暑くないんです、暑かったんです、暑くなかったんです

8）おもしろいんです、おもしろくないんです、おもしろかったんです、おもしろくなかったんです

9）気分がいいんです、気分がよくないんです、気分がよかったんです、気分がよくなかったんです

10）好きなんです、好きじゃないんです、好きだったんです、好きじゃなかったんです

11）静かなんです、静かじゃないんです、静かだったんです、静かじゃなかったんです

12）にぎやかなんです、にぎやかじゃないんです、にぎやかだったんです、にぎやかじゃなかったんです

13）休みなんです、休みじゃないんです、休みだったんです、休みじゃなかったんです

14）故障なんです、故障じゃないんです、故障だったんです、故障じゃなかったんです

15）誕生日なんです、誕生日じゃないんです、誕生日だったんです、誕生日じゃなかったんです

01

1）買いたいんです

2）やっているんです

3）住んでいるんです

4）食べてもいいんです

5）残業しなければならないんです

6）入ることができるんです

7）行ったことがあるんです

8）高くなったんです

9）手伝ってくれたんです

02

1）頭が痛いんですか。

2）旅行に行くんですか。

3）鍵を忘れたんですか。

4）宿題をしなかったんですか。

5）大阪に住んでいるんですか。

6）肉が好きなんですか。

03 1）人が多いですね。何をやっているんですか。

— 夏祭りをやっています。

2）大きい車ですね。何人乗ることができるんですか。

— 8人乗ることができます。

3）長いメールですね。誰に送るんですか。

— 会社の人に送ります。

4）きれいな服ですね。どこで売っていたんですか。

— 東京のデパートで売っていました。

5）おもしろい絵ですね。誰がかいたんですか。

— 大学の友達がかきました。

6）新しいパソコンですね。いつ買ったんですか。

— 1週間前に買いました。

04 1）どうしてパソコンを買ったんですか。

— このパソコンは安かったんです。

2）どうして学校を休んだんですか。

— 体の調子がよくなかったんです。

3）どうして早く帰るんですか。

— 今日は子どもの誕生日なんです。

4）どうしてお金がないんですか。

— 家に財布を忘れたんです。

05 1）いいえ、行きません。新しい車が欲しいんです。

2）はい、手伝ってもらいました。田中さんは料理が上手なんです。

3）すみません、ちょっと…。修理しなければならないんです。

4）いいえ、一緒に住んでいません。子どもは東京の大学で勉強しているんです。

06 1）行きたいんですが、F

2）よくないんですが、D

3）わからないんですが、C

4）来ないんですが、G

5）誕生日なんですが、E

6）なくしたんですが、B

（7）列舉多項原因

A は～（普通形）し、…（普通形）し　　A 不但～，而且…

01　1）ないし

2）できるし

3）できないし

4）来るし

5）来ないし

6）書かなければならないし

7）出さなくてもいいし

8）ちょうどいいし

9）おもしろいし

10）好きだし

11）まじめじゃなかったし

12）雨だし

13）休みじゃないし

02　1）この近くは交通も便利だし、いろいろな店もあるし、それににぎやかです。

2）山田さんは親切だし、仕事熱心だし、それに何でも知っています。

3）このパソコンは新しいし、小さいし、それに使い方も簡単です。

4）あの店は何でも売っているし、サービスもいいし、それに値段も安いです。

03　1）何でもできるし、便利だし

2）話もおもしろいし、教え方も上手だし

3）給料もいいし、休みも多いし

4）おもしろい店もないし、学校から遠いし

5）宿題もたくさんあるし、雨も降っているし

6）花も少なかったし、雨も降っていたし

（8）機率性推測 1

～（普通形）でしょう　～吧

01
1）やむでしょう
2）込まないでしょう
3）降るでしょう
4）すくでしょう
5）ならないでしょう
6）晴れるでしょう
7）来ないでしょう
8）寒いでしょう
9）よくないでしょう
10）きれいでしょう
11）簡単じゃないでしょう
12）雪でしょう
13）雨じゃないでしょう

02
1）雨が降らないでしょう
2）見えるでしょう
3）暑いでしょう
4）強くなるでしょう
5）いい天気でしょう
6）多くないでしょう

03
1）見られるでしょうか、見られないでしょう
2）来るでしょうか、来るでしょう
3）使えるでしょうか、使えないでしょう
4）わかるでしょうか、わからないでしょう
5）入れるでしょうか、入れるでしょう
6）聞こえるでしょうか、聞こえるでしょう

（9）機率性推測 2

～（普通形）かもしれません　　也許～，說不定～

01
1）できるかもしれません
2）ないかもしれません
3）降らないかもしれません
4）食べるかもしれません
5）来るかもしれません
6）悪くなるかもしれません
7）使えるかもしれません
8）高いかもしれません
9）難しくないかもしれません
10）暇かもしれません
11）有名じゃないかもしれません
12）日本人かもしれません
13）休みじゃないかもしれません

02
1）ないかもしれません
2）寒くなるかもしれません
3）帰ったかもしれません
4）間に合わないかもしれません
5）よくないかもしれません
6）故障かもしれません

03
1）もう桜がないかもしれませんから、D
2）パソコンが壊れてしまったかもしれませんから、F
3）風邪をひいたかもしれませんから、C
4）切符はすぐに売れてしまうかもしれませんから、G
5）大きい荷物があると大変かもしれませんから、B
6）午後から雨が降るかもしれませんから、E

(10) 動詞／形容詞的名詞化

A．～（普通形）のを

01 1）切るのを
2）歌うのを
3）聞くのを
4）あるのを
5）買うのを
6）片付けるのを
7）閉めるのを
8）入れるのを
9）来るのを
10）連絡するのを

02 1）林さんがお祭りに参加しないのを知っていますか。
2）上田さんがかわいい犬を飼っているのを知っていますか。
3）明日英語の授業がないのを知っていますか。
4）先生が今アメリカに住んでいるのを知っていますか。
5）この本が世界中で読まれているのを知っていますか。

03 1）宿題を持ってくるのを忘れました。
2）窓を閉めるのを忘れました。
3）パソコンの電源を切るのを忘れました。
4）ガスの火を消すのを忘れました。
5）薬を飲むのを忘れました。

B. ～（普通形）のは…　　～是…

01 1）行ったのは
2）書くのは
3）使わないのは
4）買えるのは
5）読めなかったのは
6）見たことがあるのは

7）住んでいるのは

8）忙しいのは

9）よくないのは

10）大変なのは

11）親切じゃないのは

12）日本人じゃないのは

13）休みなのは

02 1）教室の前で先生と話しているのはわたしの父です。

2）この写真を撮ったのは 10 年前です。

3）ここに置いてあるのは弟の自転車です。

4）わたしが住んでいたのは京都です。

03 1）出席するのは学生だけです。

2）大学に入ったのは 9 月です。

3）読んでいるのはドイツ語の本です。

4）行きたいのはアメリカです。

(11) 表示原因

～（普通形）ので、…　　因為～，所以…

01 1）あったので

2）なるので

3）聞こえたので

4）読まなかったので

5）来るので

6）しなければならないので

7）できるので

8）いいので

9）忙しくなかったので

10）上手じゃないので

11）邪魔なので

12）休みだったので

１３）誕生日なので

02 １）駅から近くて便利なので、この辺のアパートは高いです。

２）ちょっと調べたいことがあるので、パソコンを借りてもいいですか。

３）バスの時間に間に合わなかったので、会社に遅れてしまいました。

４）来週はずっと忙しいので、どこも行けません。

５）教室に宿題を忘れてしまったので、取りに来ました。

６）気分がよくなかったので、早く家へ帰りました。

(12) 表示間接疑問

①疑問詞＋～（普通形）か、…

②～（普通形）かどうか、…

是不是～呢？

01 １）行ったか、行ったかどうか

２）測るか、測るかどうか

３）合うか、合うかどうか

４）到着したか、到着したかどうか

５）うまくいくか、うまくいくかどうか

６）出たか、出たかどうか

７）知っているか、知っているかどうか

８）正しいか、正しいかどうか

９）おもしろいか、おもしろいかどうか

１０）好きか、好きかどうか

１１）邪魔か、邪魔かどうか

１２）日曜日か、日曜日かどうか

１３）雨か、雨かどうか

02 １）どうやって空港まで行くか、調べておきましょう。

２）今年の大会に誰が出たか、ここに書いてください。

３）今日どんなことがあったか、ニュースを見ましょう。

４）彼女の誕生日に何をあげたらいいか、教えてください。

５）この近くにどんな店があるか、見に行きたいです。

６）先生がどこに住んでいるか、知っていますか。

03 1）必要なものを忘れていないかどうか、もう一度確認しましょう。
2）ビールが足りているかどうか、ちょっと見に行きます。
3）明日はいい天気かどうか、ちょっと心配です。
4）田中さんが結婚しているかどうか、誰も知りません。
5）佐藤さんが中国語が話せるかどうか、わかりますか。
6）彼の話がほんとうか、確かめましょう。

04 1）あるかどうか
2）終わるか
3）ないかどうか
4）買ったらいいか
5）来なかったか
6）見えるかどうか
7）持っていないかどうか
8）遊びに行くか

(13) 說明狀況

～（普通形）場合は、…　　～的時候，…

01 1）わからない場合は
2）行く場合は
3）足りない場合は
4）遅れる場合は
5）来た場合は
6）キャンセルする場合は
7）悪くなった場合は
8）痛い場合は
9）いい場合は
10）だめな場合は
11）必要な場合は
12）地震の場合は
13）中止の場合は

02 1）パスポートをなくした場合は、どうしたらいいですか。
2）日本で結婚式に呼ばれた場合は、何を着ていけばいいですか。
3）外国へ留学したい場合は、誰に相談しますか。
4）病気の場合は、どこの病院で診てもらいますか。
5）出発の時間に間に合わない場合は、わたしに言ってください。
6）調子がよくない場合は、休んでもいいです。

(14) 表示逆接（抱怨語氣）

~（普通形）のに、…　　明明~，卻…

01 1）あるのに
2）ないのに
3）いただいたのに
4）入れたのに
5）行ったことがないのに
6）勉強しているのに
7）気をつけていたのに
8）おもしろくないのに
9）おいしいのに
10）元気なのに
11）暇じゃなかったのに
12）10月なのに
13）休みだったのに

02 1）薬を飲んだのに、風邪がよくなりません。
2）鍵をかけていたのに、変な人に部屋に入られました。
3）連休中なのに、仕事をしなければなりません。
4）パスポートが必要だったのに、持っていくのを忘れてしまいました。
5）寒いのに、あの人は上着を着ていません。
6）用事があるのに、今晩のパーティーに「行ける」と言ってしまいました。

03 1）薬を飲んだのに
2）昨日読んだのに

3）皆楽しみにしていたのに
4）料理は普通なのに
5）ゆっくりしたいのに
6）まだ仕事がたくさんあるのに

(15) 憑事實推測

～（普通形）はずです　　應該～吧？

01
1）食べないはずです
2）届くはずです
3）もらったはずです
4）見たことがあるはずです
5）わからないはずです
6）教えてもらったはずです
7）参加できないはずです
8）いいはずです
9）難しくないはずです
10）上手なはずです
11）安全じゃないはずです
12）留守のはずです
13）昨日だったはずです

02
1）4時半に来るはずです。
2）ええ、上手なはずです。
3）ええ、木村さんは医者のはずです。
4）いいえ、難しくないはずです。
5）ええ、もう終わったはずです。
6）いいえ、あまりよくないはずです。

03
1）B、田中さんは遊びに行かないはずです
2）E、旅行に持っていくお金は足りるはずです
3）F、元気なはずです
4）G、まだいろいろな所へ遊びに行ったことがないはずです
5）D、この問題は難しくないはずです

6）C、仕事が忙しいはずです

(16) 表示傳聞

～（普通形）そうです　　聽說～

01　1）勝ったそうです

2）あったそうです

3）なるそうです

4）行かなかったそうです

5）持っているそうです

6）したいそうです

7）来るそうです

8）厳しいそうです

9）使いやすいそうです

１０）きれいだそうです

１１）危険じゃないそうです

１２）雨だそうです

１３）反対だったそうです

02　1）また物価が上がるそうです。

2）父は入院したそうです。

3）明日ここでパーティーが行われるそうです。

4）今年の冬はとても寒いそうです。

5）昨日のお祭りはとてもにぎやかだったそうです。

6）課長はこの計画に賛成だそうです。

03　1）ニュースによると、昨日京都で地震があったそうです。

2）新聞によると、来週アメリカの大統領が日本へ来るそうです。

3）メールによると、「喫茶店コーラ」はケーキがおいしいそうです。

4）先生によると、来週の火曜日は試験だそうです。

(17) 憑感覺推測

～（普通形）ようです　　（總覺得）好像～

01

1）終わったようです

2）あるようです

3）いないようです

4）忘れてしまったようです

5）出かけているようです

6）成功しなかったようです

7）来ないようです

8）おもしろくないようです

9）調子がいいようです

10）好きなようです

11）簡単だったようです

12）ほんとうのようです

13）忘れ物のようです

02

1）醤油を入れすぎたようです。

2）部屋に誰もいないようです。

3）このパソコンは故障しているようです。

4）外は風が強いようです。

5）山田さんはスポーツが好きなようです。

6）あの話はほんとうのようです。

03

1）ええ、どうも彼に会いに行くようです。

2）ええ、どうもインフルエンザのようです。

3）ええ、この部屋の人はずっと家へ帰っていないようです。

4）ええ、映画はとてもよかったようです。

Chapter8　可能形

（1）動詞的可能形變化方式

三種動詞的可能形變化方式

Ⅰ　1）走れます、走れる
2）申し込めます、申し込める
3）行けます、行ける
4）歩けます、歩ける
5）脱げます、脱げる
6）出せます、出せる
7）言えます、言える
8）持てます、持てる
9）取れます、取れる
1 0）書けます、書ける

Ⅱ　1 1）寝られます、寝られる
1 2）教えられます、教えられる
1 3）いられます、いられる
1 4）起きられます、起きられる
1 5）借りられます、借りられる

Ⅲ　1 6）できます、できる
1 7）参加できます、参加できる
1 8）来られます、来られる

(2) 應用練習

01
1）難しい漢字が書けます。
2）会議に参加できます。
3）この店で安い服が買えます。
4）中華料理が作れます。
5）明日も来られます。
6）お酒が飲めません。
7）さしみが食べられません。
8）1人で旅行にいけません。
9）土曜日は休めません。
1 0）英語が話せません。

02
1）何日までにレポートが出せますか。
—9月2日までに出せます。
2）何時までこの会議室が使えますか。

— 6時ごろまで使えます。

3）そのバスに何人乗れますか。

— 45人乗れます。

4）どんな日本料理が作れますか。

— すき焼きが作れます。

5）1週間に新しい単語がいくつ覚えられますか。

— 30ぐらい覚えられます。

（3）感官動詞：聽 / 看的可能形

01 1）海が見えます。

2）音楽が聞こえます。

3）先生の声が聞こえません。

4）前が見えません。

02 1）見えます

2）見えません

3）見られます

4）見られません

5）聞こえます

6）聞けません

7）聞こえません

8）聞けます

Chapter.9　意向形

（1）動詞的意向形變化方式

三種動詞的意向形變化方式

Ⅰ　1）待とう　2）飲もう　3）申し込もう　4）選ぼう
5）連れていこう
6）急ごう　7）戻そう　8）歌おう　9）休もう
10）話そう

Ⅱ　11）受けよう　12）決めよう　13）片付けよう　14）考えよう
15）調べよう

Ⅲ　16）しよう　17）練習しよう　18）来よう

（2）邀約・回應邀約　～よう　～吧！

1）あの店で買い物しよう。
2）来月一緒に旅行に行こう。
3）お腹がすいたから、昼ごはんを食べよう。
4）来週富士山に登らない？
― うん、登ろう。
5）一緒にギターを弾かない？
― うん、弾こう。

（3）表示內心意願

～ようと思っています　想／打算～

01
1）聞こうと思っています
2）取ろうと思っています
3）申し込もうと思っています
4）行こうと思っています
5）続けようと思っています
6）受けようと思っています

7）見つけようと思っています
8）覚えようと思っています
9）留学しようと思っています
10）来ようと思っています

02
1）大学を卒業したら、あの会社で働こうと思っています。
2）機会があったら、外国へ旅行に行こうと思っています。
3）今度の週末は友達に会おうと思っています。
4）週末部屋を掃除しようと思っています。
5）日本語の試験を受けようと思っています。
6）外国へ行って働こうと思っています。

Chapter.10 命令形（めいれいけい）・禁止形（きんしけい）

（1）動詞的命令形・禁止形變化方式

三種動詞的命令形（めいれいけい）．禁止形（きんしけい）變化方式

Ⅰ
1）持（も）て、持（も）つな　2）走（はし）れ、走（はし）るな　3）読（よ）め、読（よ）むな
4）遊（あそ）べ、遊（あそ）ぶな　5）動（うご）け、動（うご）くな　6）騒（さわ）げ、騒（さわ）ぐな
7）指（さ）せ、指（さ）すな　8）触（さわ）れ、触（さわ）るな　9）入（はい）れ、入（はい）るな
１０）使（つか）え、使（つか）うな

Ⅱ
１１）やめろ、やめるな　１２）逃（に）げろ、逃（に）げるな　１３）続（つづ）けろ、続（つづ）けるな
１４）諦（あきら）めろ、諦（あきら）めるな　１５）投（な）げろ、投（な）げるな

Ⅲ
１６）しろ、するな　１７）勉強（べんきょう）しろ、勉強（べんきょう）するな
１８）来（こ）い、来（く）るな

(2) 命令形（めいれいけい）．禁止形（きんしけい）應用練習

01
1）ボールを取（と）れ。
2）もう少（すこ）し頑張（がんば）れ。
3）負（ま）けるな。
4）まだ諦（あきら）めるな。
5）もっとたくさん勉強（べんきょう）しろ。
6）この単語（たんご）を全部（ぜんぶ）覚（おぼ）えろ。
7）そこで話（はな）すな。
8）授業中（じゅぎょうちゅう）にお茶（ちゃ）を飲（の）むな。

Chapter.11 条件形

（1）各類詞性的條件形變化方式與應用練習

各類詞性的条件形變化方式

動詞

I
1）待てば、待たなければ
2）変われば、変わらなければ
3）飲めば、飲まなければ
4）飛べば、飛ばなければ
5）気が付けば、気が付かなければ
6）急げば、急がなければ
7）戻せば、戻さなければ
8）歌えば、歌わなければ
9）立てば、立たなければ
10）あれば、なければ

II
11）つければ、つけなければ
12）決めれば、決めなければ
13）遅れれば、遅れなければ
14）考えれば、考えなければ
15）調べれば、調べなければ

III
16）すれば、しなければ
17）復習すれば、復習しなければ
18）来れば、来なければ

い形容詞

1）安ければ、安くなければ
2）寂しければ、寂しくなければ
3）よければ、よくなければ
4）少なければ、少なくなければ
5）苦ければ、苦くなければ
6）悲しければ、悲しくなければ
7）眠ければ、眠くなければ
8）おもしろければ、おもしろくなければ
9）多ければ、多くなければ

な形容詞

10）楽なら、楽じゃなければ

１１）だめなら、だめじゃなければ

１２）大丈夫なら、大丈夫じゃなければ

１３）心配なら、心配じゃなければ

名詞

１４）日曜日なら、日曜日じゃなければ

１５）無料なら、無料じゃなければ

１６）雨なら、雨じゃなければ

１７）大学生なら、大学生じゃなければ

01
1）急げば、間に合います。
2）日本語ができれば、日本の会社で働けます。
3）明日雨が降れば、試合はありません。
4）店の人に修理してもらえば、このテレビはまだ見られます。
5）先生に許可をもらわなければ、早く帰れません。
6）図書館のカードがなければ、本が借りられません。
7）この薬を飲まなければ、病気はよくなりません。
8）5分待ってもバスが来なければ、タクシーを呼びましょう。

02
1）天気がよければ、ここから富士山が見えますよ。
2）これと同じパソコンが欲しければ、1週間待ってください。
3）都合がよくなければ、教えてください。
4）来週忙しくなければ、パーティーに参加しようと思っています。
5）お酒がだめなら、ジュースはいかがですか。
6）この教室の中がもっと静かなら、勉強できます。
7）好きじゃなければ、食べなくてもいいですよ。
8）無料じゃなければ、それは要りません。

03
1）台風が来れば、G
2）もう少し暖かくならなければ、I
3）先生が書いた字が見えなければ、D
4）食べられないものがあれば、F
5）辛くなければ、E
6）もう少し暑ければ、C

7）あのレストランが休みなら、H

8）今日、部長が休みなら、B

（2）表示隨條件改變的程度變化

～ば～ほど　　愈～愈～

01　1）会えば会うほど

2）知れば知るほど

3）話せば話すほど

4）考えれば考えるほど

5）遊べば遊ぶほど

6）勉強すれば勉強するほど

7）甘ければ甘いほど

8）小さければ小さいほど

9）簡単なら簡単なほど

１０）すてきならすてきなほど

02　1）聞けば聞くほど

2）知れば知るほど

3）見れば見るほど

4）安ければ安いほど

5）新鮮なら新鮮なほど

Chapter.12 受身形

（1）三種動詞的受身形變化方式

I
1）打たれます、打たれる
2）叱られます、叱られる
3）噛まれます、噛まれる
4）聞かれます、聞かれる
5）汚されます、汚される
6）誘われます、誘われる
7）盗られます、盗られる
8）飲まれます、飲まれる
9）呼ばれます、呼ばれる
10）壊されます、壊される

II
11）捨てられます、捨てられる
12）見られます、見られる
13）間違えられます、間違えられる
14）食べられます、食べられる
15）褒められます、褒められる

III
16）されます、される
17）利用されます、利用される
18）持ってこられます、持ってこられる

（2）直接被動

01
1）わたしは社長に褒められました。
2）わたしは友達に結婚式に招待されました。
3）わたしは知らない人に呼ばれました。
4）わたしは先輩にパーティーに誘われました。
5）わたしは姉に注意されました。
6）わたしは父に買い物を頼まれました。

（3）間接被動

02
1）わたしは弟にかばんを持っていかれました。
2）わたしは男の人に足を踏まれました。
3）わたしは知らない人にケータイを持っていかれました。
4）わたしは誰かに傘を盗られました。
5）わたしは弟にシャツを汚されました。
6）わたしは母に彼にもらった誕生日プレゼントを捨てられました。

(4) 舉行 / 發明 / 創作 / 破壞 / 產出

01
1) 50年前に初めてこのお祭りが行われました。
2) 来月駅前のデパートが壊されます。
3) 江戸時代に歴史小説が書かれました。
4) 先月新しい星が発見されました。
5) 1903年に飛行機が発明されました。
6) 来年ここに新しいビルが建てられます。

02
1) このビルは何年ぐらい前に建てられましたか。
— 50年前に建てられました。
2) このパソコンは1か月に何台ぐらい作られていますか。
— 1万台ぐらい作られています。
3) このテーブルはどこから輸入されましたか。
— フランスから輸入されました。
4) この本は何語に翻訳されていますか。
— 英語や中国語などに翻訳されています。
5) 次の会議は何月に開かれますか。
— 8月に開かれます。

Chapter.13　使役形

（1）動詞的使役形與應用練習

三種動詞的使役形變化方式

Ⅰ　1）通わせます、通わせる
2）行かせます、行かせる
3）立たせます、立たせる
4）遊ばせます、遊ばせる
5）休ませます、休ませる
6）話させます、話させる
7）泳がせます、泳がせる
8）書かせます、書かせる
9）やらせます、やらせる
10）出させます、出させる

Ⅱ　11）調べさせます、調べさせる
12）届けさせます、届けさせる
13）やめさせます、やめさせる
14）食べさせます、食べさせる
15）いさせます、いさせる

Ⅲ　16）させます、させる
17）勉強させます、勉強させる
18）来させます、来させる

01
1）父は妹を早く寝させました。
2）父は妹を遊びに行かせませんでした。
3）父は妹を学校まで歩かせました。
4）父は妹を毎日走らせています。
5）父は妹を６時に起きさせました。
6）父は妹をテニスの試合に参加させました。

02
1）母は弟に部屋を片付けさせました。
2）母は弟にテレビを見させません。
3）母は弟にピアノを弾かせました。
4）母は弟に毎晩宿題をさせています。
5）母は弟に明日の準備をさせます。
6）母は弟にサッカーをさせませんでした。

03
1）両親は妹を１人で旅行に行かせました。
2）両親は妹を海で泳がせました。
3）両親は妹を好きな人と結婚させました。
4）両親は妹をサッカーの大会に出させました。

04 1）先生は子どもに自分の意見を言わせました。

2）先生は子どもに好きなものを作らせました。

3）先生は子どもに自由にパソコンを使わせました。

4）先生は子どもに調べたいことを調べさせました。

（2）謙讓語氣的請求

(使役て形) いただけませんか　　能讓我～嗎？

01 1）帰らせていただけませんか

2）置かせていただけませんか

3）聞かせていただけませんか

4）撮らせていただけませんか

5）休ませていただけませんか

6）行かせていただけませんか

7）止めさせていただけませんか

8）考えさせていただけませんか

9）録音させていただけませんか

10）来させていただけませんか

02 1）この会議室を使わせていただけませんか。

2）ここに荷物を置かせていただけませんか。

3）家の前に車を止めさせていただけませんか。

4）来週会社を休ませていただけませんか。

5）今日は４時ごろ、帰らせていただけませんか。

6）先生の仕事を手伝わせていただけませんか。

03 1）一度も聞いたことがないので、先生のピアノを聞かせていただけませんか。

2）わたしのパソコンは故障しているので、そのパソコンを使わせていただけませんか。

3）発表の資料に入れたいので、実験の写真を撮らせていただけませんか。

4）ずっと勉強してみたかったので、その授業を受けさせていただけませんか。

5）家に忘れたので、宿題は明日出させていただけませんか。

王可樂日語 原來如此的喜悅！

2010年創辦人王老師以愛貓「可樂」的名義創立「王可樂的日語教室」，將鑽研多年的日文心法融會貫通，並研發出一套獨門學習系統，走過多個年頭，蛻變升級為「王可樂日語」，我們不教專有名詞，也不走學術派系，而是用台灣人最好理解的方式，將艱澀難懂的日文轉化成一聽就懂的語言，讓學日文不再害怕，就讓我們用「最台灣的方式，最好懂的日語」，讓你體會「原來如此的喜悅」吧！

線上課程

隨時隨地、隨心所欲，
24HR學習零距離

出版物

坊間書籍百百種，
王可樂日語出版，
濃縮重點讓你一看就懂！

主題講座

濃縮坊間眾多學習書籍，整理出最好懂的架構，學習即戰力！

線上課程

課程按級數分類從50音到N1、檢定都有，建議完全沒基礎的同學可以從初級就加入我們，因為這套系統強調的是「打好基礎，延伸學習」，我們不僅會幫同學把底子打好，還會教你怎麼延伸應用，進到中級以上的課程會不斷用文章拆解的方式溫故知新，許多同學到最後都能夠自己拆解長篇文章，因為我們相信「給你魚吃不如教你怎麼釣魚」理論，才是對學生最有幫助的。

◆初級(50音-N4)/總學習時數54小時

50音：就像中文的ㄅㄆㄇ一樣，先從日文的注音學起

N5 - N4：認識由50音組合起來的單字，開始學習句子的結構

◆中級(N3)/總學習時62小時

一般日本人日常生活的對話範圍

◆中高級(N2)/總學習時數75小時

讀懂現代小說，能寫一般書信 (社內、平輩)

◆高級(N1)/總學習時數39小時

習得艱深的詞彙、聽懂新聞內容

◆檢定課程(N5 - N1)/一個程度的學習時數大約10小時

給已經打好該程度基礎的同學做考前衝刺

出版物

2015年12月發行第一本日文學習書籍《日語大跳級》後廣受迴響，曾經一天銷售衝破2700本，爾後王可樂團隊致力於每年一出版的理念至今已出版第四本書，累計銷售量突破四萬本，在日語出版界中被受肯定。

◆日語大跳級 (跟著王可樂，打通學習任督二脈)
收錄學習者考試常寫錯、日本人聽不懂的文法，濃縮成17個概念，帶你一舉突破日語學習瓶頸！

◆日語助詞王 (王可樂妙解20個關鍵，日檢不失分)
蒐羅學習者最常提問20個實用助詞，用最有趣的方式解說，讓你一次搞懂，日檢輕鬆過關！

◆日語最強相關用語 (王可樂日語嚴選，表達力．語彙量一次滿足)
依生活主題分類，一次串聯大量相關單字與短句，緊扣日常，365天天天用得上！

◆王可樂的日文超圖解 (抓出自學最容易搞混的100個核心觀念，將單字、助詞、文法分好類，超好背！)
誰說插圖只能學基礎？從圖解基礎到進階，突破一直卡關的關鍵障礙！

主題講座

學習日文的過程中，很多文法總是學了又學還是搞不懂嗎？

王可樂老師閱讀坊間許多相關日文學習書，並濃縮最精華重點，整理出最好理解的架構，讓你運用3-4小時的課程時間一聽就懂！學習即戰力！

◆はが大解密

沒有專有名詞或是「強調」「主觀」「客觀」等模糊詞彙說明，利用系統化的學習引導，配合大量的例句，只要3.5小時，95%的「は、が」用法就能看得懂！

◆自他動詞全攻略

從最基本的概念及句型導入，並以意志、非意志的角度對照自他動詞的應用，深入探討其使用時機、狀態用法、「自動詞他動詞化／他動詞自動詞化」的特徵與使用限制等議題，並附上插圖與練習題做即時演練及解說，讓同學輕鬆掌握自他動詞的用法。

新主題講座陸續規劃中！

王可樂的日語練功房：初級句型練習寶典 / 王可樂日語作 ; -- 初版 . -- 臺北市 : 日月文化, 2020.7
面； 公分 . -- (EZ Japan 教材 ; 8)

ISBN 978-986-248-893-5(平裝)

1. 日語 2. 句法
803.169 109007146

EZ Japan / 教材 08

王可樂的日語練功房：初級句型練習寶典

作　　者：王可樂日語
責　　編：尹筱嵐
校　　對：尹筱嵐、林高伃、陳俐君、島田亞美、吳銘祥
版型設計：謝捲子
封面設計：謝捲子
插　　畫：李佑萱
內頁排版：簡單瑛設
行銷企劃：張爾芸

發 行 人：洪祺祥
副總經理：洪偉傑
副總編輯：曹仲堯
法律顧問：建大法律事務所
財務顧問：高威會計師事務所

出　　版：日月文化出版股份有限公司
製　　作：EZ叢書館
地　　址：臺北市信義路三段151號8樓
電　　話：(02) 2708-5509
傳　　真：(02) 2708-6157
客服信箱：service@heliopolis.com.tw
網　　址：www.heliopolis.com.tw
郵撥帳號：19716071日月文化出版股份有限公司

總 經 銷：聯合發行股份有限公司
電　　話：(02) 2917-8022
傳　　真：(02) 2915-7212

印　　刷：中原造像股份有限公司
初　　版：2020年7月
初版13刷：2024年6月
定　　價：400元
I S B N：978-986-248-893-5